道場破り

鎌倉河岸捕物控〈九の巻〉

新装版

佐伯泰英

時代小説文庫

角川春樹事務所

本書は、二〇〇五年十二月に刊行された同書を改訂の上、新装版として刊行したものです。

目次

序章 …… 9
第一話　初午と臍の緒 …… 17
第二話　女武芸者 …… 83
第三話　金座裏の赤子 …… 147
第四話　深川色里川端楼 …… 210
第五話　渡り髪結文蔵 …… 276
解説　清原康正 342

鎌倉河岸周辺
鎌倉河岸
豊島屋
龍閑橋
しほの長屋
弁天湯
青物市場
むじな長屋
彦四郎の長屋
舘市右衛門屋敷
常盤橋
船宿綱定
金座
金座裏
樽屋藤左衛門屋敷
龍閑川
林道場
政次の長屋
0
200m
西
南
北
東

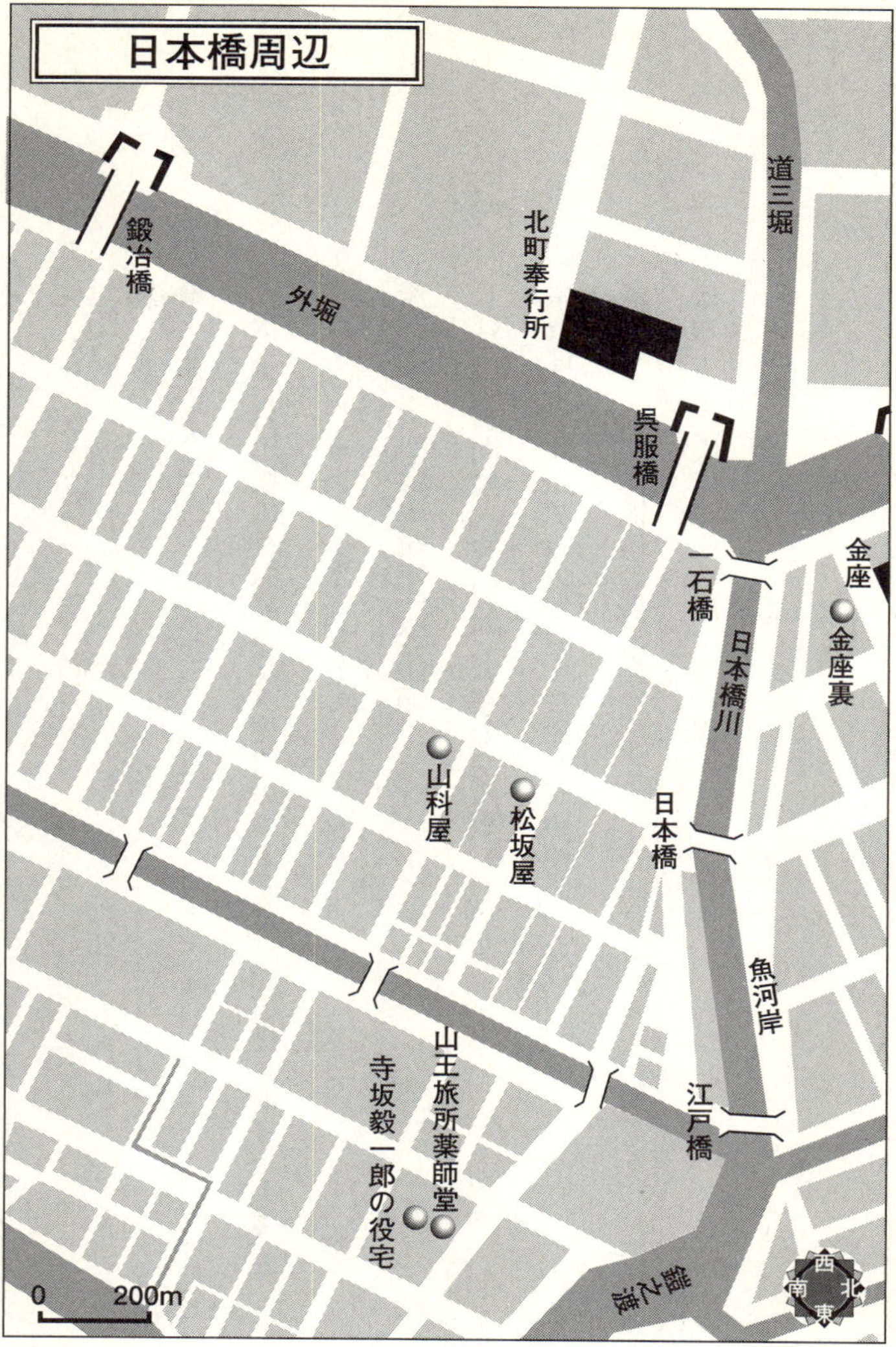
日本橋周辺
鍛冶橋
外堀
北町奉行所
道三堀
呉服橋
一石橋
金座
金座裏
日本橋川
山科屋
松坂屋
日本橋
魚河岸
江戸橋
山王旅所薬師堂
寺坂毅一郎の役宅
鎧之渡
西
南
北
東
0
200m

●主な登場人物

政次……日本橋の呉服屋『松坂屋』のもと手代。宗五郎の養子となる。
亮吉……金座裏の宗五郎親分の手先。
彦四郎……船宿『綱定』の船頭。
しほ……酒問屋『豊島屋』に奉公する娘。
宗五郎……江戸で最古参の十手持ち、金座裏の九代目。
清蔵……大手酒問屋『豊島屋』の主人。
松六……呉服屋『松坂屋』の隠居。

道場破り

鎌倉河岸捕物控〈九の巻〉

序章

寛政《かんせい》十二年（一八〇〇）二月初めの夕暮れ前、金座裏《きんざうら》の若親分政次《せいじ》は手先《てさき》の亮吉《りようきち》を伴い、鎌倉河岸《かまくらがし》の豊島屋《としまや》に立ち寄った。

すでにそこには幼馴染《おさななじ》みの船頭彦四郎《ひこしろう》がいて、豊島屋の大旦那の清蔵《せいぞう》やしほらと話していた。

政次が豊島屋に寄ったのは幼馴染みの二人としほを稲荷小路《いなりこうじ》の烏森《からすもり》稲荷の初午《はつうま》に誘うためだ。

江戸は俗に、

「伊勢屋《いせや》稲荷に犬の糞《くそ》」

といわれるほどに稲荷社がどこの町内にもあった。

「江戸町中稲荷社のあらぬ所はなく、地所あれば必ず稲荷社を安置して地所の守り神とす」（『江戸府内絵本風俗往来』）

陰暦の二月の初めの午の日は数多《あまた》ある稲荷社の社祭りになっていて、町内の稲荷社に子供たちが集まって遊ぶ子供祭りであった。

「まず裏長屋の入口、露地、木戸外へ染幟《そめのぼり》一対を左右に立て、木戸の屋根へ武者を描きし大行灯《あんどん》をつる。露地の両側になる長屋より表家共地所中の借地借家の戸々に地口《じぐち》画田楽灯籠《えでんがくどうろう》をかかぐ。稲荷の社前にて地所中の児童、太鼓を打ち鳴らして遊ぶ」（同書）

という光景が江戸じゅうに見られた。

稲荷の社の代表格が王子《おうじ》稲荷と烏森稲荷だ。

赤坂田町《あかさかたまち》の神谷丈右衛門《かみやじょうえもん》道場で烏森稲荷の初午の賑《にぎ》わいを聞き込んできた政次が、友を誘って見物に行こうと考えたのだ。

暮れ六つ（午後六時）前、というのに老舗《しにせ》の酒問屋はすでに込み合っていた。

「山なれば富士、白酒《しろざけ》ならば豊島屋」

が名物の老舗だが、むろん白酒を飲みに来た連中ではない。普段《ふだん》の豊島屋は下《くだ》り酒と田楽が売り物で、酒は上質、田楽は大ぶりのわりには値は安かった。

徳川幕府の開闢《かいびゃく》とほぼ同じ慶長《けいちょう》期に暖簾《のれん》を掲げた豊島屋では代々、

「薄利」

を旨として上酒《じょうしゅ》を安い値で売る商いを受け継いできた。それは上方《かみがた》から仕入れる大量の酒樽《さかだる》の空いたものを売って、その儲《もう》けを酒の売り値に繰り入れて値を下げてきたからだ。そんなわけで豊島屋ではいつも長屋の八っあん、熊さんから鎌倉河岸に集《つど》う船頭、馬方《うまかた》、駕籠《かご》かき、屋敷奉公の中間《ちゅうげん》らで賑わっていた。

「おれならばいつでもいいぜ」

と二つ返事で誘いに乗ったのは独楽鼠《こまねずみ》の亮吉だけだ。

「若親分よ、親方に断ってみねえとなんとも言えねえな」

と彦四郎がのんびりとした顔付きで言った。

「彦四郎、大五郎《だいごろう》親方とおふじさんの許しは得てある」

「おや、早手回しだねえ。近頃の政次は外堀から埋めてかかるぜ」

と彦四郎が満足そうに笑った。

「私も……」

と言いかけたしほに豊島屋の主《あるじ》の清蔵が、

ぽーん

と胸を叩《たた》いた。

「金座裏の若親分さんはそつがございませんよ。ちゃんと私どもの許しを得てでないとおまえさん方を誘うものですか」

と笑いかけた。

「有り難い。これで決まった」

独楽鼠が、

「おーい、ちぼの庄太、前祝いの酒を持ってきてくんな」

と豊島屋の小僧の庄太《しょうた》に叫んだ。

「亮吉、このことがあったから町廻りの合間に立ち寄っただけだ。まずは金座裏に戻るよ」

「なんだえ、そんなことか」

亮吉ががっくりと肩を落とした。

「初午の日は半日休みを貰《もら》ったんだ。亮吉、そのときまで我慢しな」

政次に諭《さと》されて亮吉が店じゅうに漂う酒の香りをくんくんと未練がましく嗅《か》いだ。

「独楽鼠め、往生際《おうじょうぎわ》が悪いねえ。まずは金座裏に帰ったり帰ったり」

と清蔵に送られて夕闇《ゆうやみ》の鎌倉河岸に二人は出た。するとしほが追ってきて、

「政次さん、ありがとう」

と清蔵に断ってくれた礼を言った。

「なあに、こちらが勝手に誘ったんだ。まずは清蔵様や大五郎親方の許しを得るのは

当たり前のことだよ」

「なんだかよ、政次の気配りは棺桶《かんおけ》に片足突っ込みかけた年寄りが見境なく寺社参りに行くのと一緒だぜ。あっちにぺこりこっちにぺこりと節操もなく根回しばかりだ。勢いがねえな」

亮吉が幼馴染みに文句をつけた。

彦四郎と政次、それに亮吉の三人は鎌倉河岸裏のむじな長屋で一緒に育った仲だ。奉公に出る折、彦四郎は龍閑橋《りゅうかんばし》際の船宿綱定《つなさだ》へ、政次は呉服問屋の老舗松坂屋《まつざかや》へ、亮吉は古町《こまち》町人《ちょうにん》で御用聞きの金座裏の宗五郎《そうごろう》親分の許《もと》へと別々の道を選んだ。

だが、運命が亮吉と政次の立場を変えた。

政次は松坂屋で将来を嘱望された手代《てだい》だった。だが、金座裏の宗五郎が松坂屋に頼み込み、金座裏の養子に迎え入れたのだ。

金流しの親分の宗五郎とおみつの間には子がなく、幕府の金座の裏口に一家を構える御用聞きの名跡が自分の代で絶えることを案じた宗五郎の思案の結果だった。

こうして政次は呉服問屋の手代から御用聞きの手先に奉公先を変えた。

金座裏の見習いの時期を経た政次は、金座裏の宗五郎の後継十代目として北町奉行所の旦那方、後藤家《ごとうけ》、町年寄《まちどしより》、古町町人らに披露《ひろう》されていた。

若親分と呼ばれるようになった政次は先輩である亮吉の頭に立つことになったのだ。

他人がいると、

「若親分」

と呼ぶ亮吉だが気のおけない仲間やしほの前では昔ながらに、

「政次」

「亮吉」

と呼び合った。

「亮吉さんのように勢いだけで世の中は渡れないわよ」

「そうかねえ。あまりよう考え過ぎたり気を遣い過ぎるとよ、体に悪いぜ」

と亮吉が言い、

「若親分、腹が減った。おれはむじな長屋に戻るからな」

と付け足した。

「おや、どうした。近頃は金座裏の二階に泊まらないな。なんぞあるのか」

「そうじゃねえがよ、時にはお袋の機嫌《きげん》も伺《うかが》わないとな。親子の情が薄れるというもんだ」

亮吉は懐に片手を突っ込むとさっさと豊島屋の路地裏へと姿を消した。

「しほちゃん、亮吉になにか気を悪くするようなことを言ったかな」

と政次が友の背を見送りながら言った。

「亮吉さんがせっせとむじな長屋に戻るには理由《わけ》があるの」

「しほちゃん、理由《わけ》を承知か」

「昔、彦四郎さんが住んでいた長屋に壁塗り職人の一家が越してきたんですって。その一家に二人娘がいて、姉娘が十六歳、妹娘が十四歳、どちらも可愛《かわい》いらしいそうよ」

政次がしほを見た。

「そういうことか」

「そういうことよ。姉娘のお菊《きく》さんに亮吉さんが一目惚《ひとめぼ》れしたって。いえ、これは兄弟駕籠の繁三《しげぞう》さんの話だから大袈裟《おおげさ》かもしれないけど」

「いや、当たっていよう。いつもは金座裏の二階の居候《いそうろう》が夕暮れになるとさっと姿を消す。おっ養母《か》さんも亮吉になにかあったかねえと気にしていたところだ。この前なんぞは甘い物を懐に入れて長屋に戻ったそうだ」

「熱が冷めるまで待つしかないかしら」

「熱が冷めるかねえ」

政次は龍閑橋に歩き出した。

「烏森稲荷の初午、楽しみにしているわ」

しほの声が鎌倉河岸に響き、政次が振り返って手を振り返した。

第一話　初午と臍の緒

一

初午《はつうま》の日、武家屋敷では囃子《はやし》屋台を設けて町内の子供らを邸内に招き入れ、神楽《かぐら》を奏し、手踊りを見せたりと趣向を凝らした。夜になると家臣までが地口絵灯籠《じぐちえとうろう》に明かりを点《とも》す広庭に現われ、女衆の踊りを見物した。

そんな様子を屋敷の奥住まいの殿様、奥方、若様、姫様がそっと見物したという。

初午の日は武家と町家の者が交流する数少ない日ともいえた。

名奉行大岡忠相《おおおかただすけ》を先祖にもつ三河《みかわ》・西大平藩《にしおおひらはん》一万石の下屋敷でもこの初午の日ばかりは邸内の稲荷《いなり》社に町内の者の立ち入りを許し、参らせた。

それがただ今の赤坂豊川《あかさかとよかわ》稲荷だ。

武家方の初午の日の賑《にぎ》わいは互いに負けじと年々賑やかになり、初午を迎える何ヶ月も前から踊りの師匠を招いて稽古《けいこ》に励み、その日ともなると邸内に屋台を引き回し、料理茶屋から仕出しにて酒肴《しゅこう》を取り寄せた。この一日のためだけに何十両も費消したという。

「初午に夜たたくは大人なり」（玉柳）

昼間太鼓を叩《たた》くのは愛らしくも子供だが、夜に入ると初午の屋台は大人に占領されて酒に酔って浮かれた武家が太鼓を叩いて騒ぐ光景があちこちで見られたという。

そこで幕府では度々初午の日の騒ぎの自粛を通達した。

「若親分よ、初午の屋台見物に繰り出すにはちょいと刻限が早過ぎるぜ」

と日本橋を渡りかけたとき、亮吉《りょうきち》が言い出した。

「亮吉さんはお屋敷の稲荷社を総回りする気なの」

この日のために髪を結い上げたしほが応じた。

春の日射しを浴びて結い上げた高島田《たかしまだ》が艶々《つやつや》と光った。

「この正月には幕府は幕臣の次男三男が華美な服装をして遊里や茶屋に上がることを戒めたほどだ。ご時世が時世だ、屋敷方もそう派手《はで》な初午はなさるまい」

日本橋の賑わいを進みながら政次《せいじ》も二人の話に加わった。

「政次よ、そうでもないぜ。おれが承知の大身旗本家《たいしんはたもと》では屋敷じゅうが競い合って趣向を凝らしてよ、何ヶ月も前から仕度をしてきたんだ。今晩は家来も女中衆も寝られまいな」

船客の交わす話が嫌《いや》でも耳に入る船頭の彦四郎《ひこしろう》は情報通だ。

「だから、そんな屋敷に夕暮れから潜り込めばよ、普段《ふだん》は口も利いてくれねえ女中衆が、あら、金座裏《きんざうら》の亮吉様なんて声をかけてくるぜ」

「亮吉さん、お長屋の娘さんに聞かせたい話ねえ」

「なんでえ、しほちゃん。お長屋の娘たあ、なんだか意味ありげに聞こえるじゃねえか」

「亮吉、おれが昔住んでいたむじな長屋の店《たな》にお菊《きく》とお染《そめ》、二人の娘をもつ壁塗り職人が引っ越してきたというじゃねえか」

彦四郎の声が亮吉の頭の上からした。

首をすいっと引っ込めた体の亮吉は、独楽鼠《こまねずみ》と異名をとるほどになりが小さい。一方の彦四郎は六尺を優に超えた長身だ。二人の間には頭ひとつの差があった。ついでに政次も彦四郎に迫るほどの背丈になっていた。それだけに二人に挟まるように歩く亮吉は一段と小さく見えた。

「ほう、初耳だ」

「馬鹿《ばか》野郎、おめえがその姉妹に懸想《けそう》しているなんぞは鎌倉河岸《かまくらがし》じゅうが承知だ。若親分よ、近頃、亮吉は金座裏に寝泊まりしめえ」

「そういえば、おっ母さん孝行とかでよく早帰りなさるな」

「なにがおっ母さん孝行なものか。お菊とお染の長屋に入り浸《びた》りだ」

「糞《くそ》っ！　三人して好き放題に言いやがるぜ」

「違うの」

「違うものか」

しほが真面目《まじめ》な顔で聞き、彦四郎が亮吉に代わって答えた。

「亮吉さんが真面目な気持ちなら、からかうのは可哀想《かわいそう》よ」

「しほちゃん、真面目に惚《ほ》れこんだ相手がいて、初午の武家屋敷に潜り込んでひと騒ぎしようなんて考えるか」

「そうね、彦四郎さんの言うことが当たっているわね」

「ちえっ」

亮吉が舌打ちした。

四人は日本橋から高札場の人だかりを横目に東海道の通りに入っていった。

昼前の刻限だがすでに呉服屋や小間物《こまもの》屋の店先には客がいた。

政次はそんな店頭を覗《のぞ》き込むようにして、

「今年の小紋《こもん》の色使いは派手だな」

　とか、

「しほちゃん、あの番頭が広げた加賀友禅《かがゆうぜん》を見たかい。艶《あで》やかなことったら、さすがに加賀の職人ならではの仕事だ」

　とか感心していた。

「松坂屋《まつざかや》さんを辞めても着物の柄や流行《はやり》には関心があるの」

「それはあるさ。御用はなんでも知っていたほうがためになる。知っていて悪いことはない。亮吉のように屋敷に潜り込むのも手先《てさき》の才だ。いつなんどき役に立つかもしれない」

「若親分だけだぜ。おれの深謀遠慮を察しているのはさ」

「亮吉さんは御用のためにあれこれと考えているんだ」

「しほちゃん、ご賢察《けんさつ》」

　と叫んだ亮吉がふいにしほに聞いた。

「あのさ、十六の娘が喜ぶもんて、なんだと思う」

「相手はお菊さん」

「そういうことだ」

亮吉は自らむじな長屋の新しい住人に話題を戻した。

「まだ知り合ったばかりでしょう。櫛簪《くしかんざし》というわけにはいかないわね」

「飾り物を買いたくても先立つものがございません」

亮吉があっさりと答えた。

「亮吉、烏森《からすもり》稲荷に行けばよ、境内で狐《きつね》のお面なんぞを売っているかもしれないぜ」

「そんなもの、お菊さんが喜ぶか、彦四郎」

「さあてな、お菊さんがよ、亮吉さん、私の顔はそんなにも狐に似ているのと、へそを曲げるかもしれないな」

「彦四郎、ちったあ真剣に考えろ」

亮吉が政次を見上げた。

三人の男の中でただ一人羽織を着て、その背に一尺七寸（約五十二センチ）の銀のなえしを斜めに差し込んだ政次が、

「そうだな、お菊さんが喜ぶものか、まずは亮吉の気持ちだな」

と答えた。

「だから、その気持ちをかたちにしようというんじゃねえか」

とロを独楽鼠が尖《とが》らせた。

「待て待て、なんか考えよう」

金座裏の宗五郎《そうごろう》には代々金流しの十手《じって》が伝えられてきた。二代目の宗五郎が金座に押し入った強盗一味に身を挺《てい》して立ち塞《ふさ》がったが、自らは手首から先を失った。

金座の長官後藤家《ごとうけ》では宗五郎の勇敢な行動に感謝して玉鋼《たまはがね》に金を流した十手を造り、贈った。それが時の将軍家光の知るところとなり、御城に呼ばれて金流しの十手をお目にかけた。

そのとき以来、宗五郎の金流しの十手は将軍様のお墨付き、金座裏の金看板となって九代目の宗五郎まで受け継がれてきた。

それに銀のなえしが加わり、金銀揃《そろ》っての両看板が江戸の評判を新たに呼びはじめていた。

年の瀬のことだ。

新右衛門町《しんえもんちょう》の小間物屋山科屋《やましなや》では船頭がちょいと油断した隙《すき》に初売りの商品を運んできた荷足船《にたりぶね》ごと盗まれた。

開業以来、初売りをその年の仕事始めとしてきた山科屋は習わしが途切れ、客に申し訳が立たぬ、商人の面子《メンツ》もないとがっくりした。

それを政次らが粘りの探索でなに一つ品物が欠けることなく取り戻したのだ。

山科屋では主《あるじ》の長右衛門《ちょうえもん》が金座裏になんぞお礼をと考えた末に、創業時、京から江戸へ下ってくる折、護身用に携えてきた銀のなえしを贈ることにした。

松坂屋の手代《でだい》だった政次が金座裏の十代目と決まったと松坂屋の隠居松六《しょうろく》から聞いていたからだ。

なえしとは鉤《かぎ》のない十手と思えばよい。京の刀鍛冶《かじ》に鍛造させたというなえしの長さは一尺七寸、八角型で柄《つか》には鹿のなめし革を巻くという凝ったものだった。

養父宗五郎は、銀のなえしを政次が携帯してよいかどうか北町奉行所に御伺いを立てたところ、筆頭与力《ひっとうよりき》の新堂宇左衛門《しんどううざえもん》が、

「なえしとは元々町人や捕吏などが護身用に持つもの、武家方の武器ではないので苦しからず、また金座裏なれば金流しの十手が売り物だ。十代目になると決まった後継《ほり》が銀のなえしとなれば、金銀揃って金座裏の名物になろう」

と北町奉行の言葉を伝えてくれて、公認になっていた。

そこで宗五郎と政次の父子は、柄頭《つかがしら》の円環に平打ちの紐《ひも》を結んで飛び道具としても使えるように工夫を凝らした。

その銀のなえしが政次の足の運びの度に羽織の裾《すそ》から、ちらりと覗いてなんとも様子がいい。

「亮吉、烏森神社の神符《しんぷ》は杉の葉で作られた守りだそうな。今日、稲荷様に参った者には下さるという、それをお菊さんに贈ったらどうだ」

「杉の葉っぱを喜ぶかねえ、若い娘がよ」

「亮吉さんの気持ちよ。杉の葉だろうと柿の葉一枚だろうと心が籠《こも》っていれば貰《もら》ったほうはうれしいの」

「そうか、そうだよな」

「杉の葉の神符なんてかっこいいと思うな。私だったらお財布に入れて一年大事にするわ」

「よし、決まった」

と亮吉が叫んだとき、一行は京橋に差し掛かっていた。

さらに新両替町《しんりようがえちよう》、尾張《おわり》町、竹川《たけかわ》町、出雲《いずも》町と進み、芝口橋《しばぐちばし》を渡ったところで東海道から御堀沿いに西に上がった。

「若親分、烏森稲荷なら芝口町を抜けたほうが近いぜ」

「亮吉、幸《さいわい》橋御門外に御旅所《おたびしよ》が設けられてあるそうな。子供神輿《みこし》が出ているかもしれない、まずはそちらを見物していこう」

「あいよ、若親分。おれもさ、江戸八百八町をかけずり回ってきたが烏森稲荷の初午は初めてだ」

烏森稲荷の別当は快長院《かいちょういん》、神主は代々山田氏が務め、祭神は倉稲魂命《うかのみたまのみこと》・天鈿女命《あまのうずめのみこと》・瓊々杵尊《ににぎのみこと》であった。

社伝では天慶《てんぎょう》の乱に際し、藤原秀郷《ふじわらひでさと》が勝利を祈願したと伝える。宝徳《ほうとく》二年（一四五〇）五月二十五日の足利成氏《あしかがしげうじ》願文写しにみえる稲荷大明神にあたるとも考えられた。

武家地にあるように武運長久の祭神として知られて、町方の氏子《うじこ》は二葉町《ふたばちょう》、兼房町《けんぼう》、桜田備前町《さくらだびぜん》、桜田和泉《いずみ》町、桜田鍛冶《かじ》町界隈《かいわい》であった。

政次たちが御旅所に着いたとき、子供神輿が通りを練り歩いていた。

土地で久保町原と呼ばれる幸橋御門前の広場に大勢の参詣客《さんけい》がいて、子供神輿を見物していた。

「あらあら、あんな小さな男の子が祭り半纏《ばんてん》にねじり鉢巻で神輿を担ごうとしているわ」

「しほちゃん、ありゃあ、神輿を担いでんじゃねえや。おっ母さんが棒に縋《すが》りつかせているだけだ」

氏子の二葉町には大幟《おおのぼり》が立てられ、地口行灯《あんどん》が飾られて、家々の前には縁台が出され、すでに酒盛りをしているところもあった。

政次は祭りの雰囲気の中、異様に緊張した一団を見た。

武家が祭り見物の群衆を掻《か》き分けて必死でだれかの行方《ゆくえ》を探しているように思えた。

どこかの大名家か大身旗本の家来のようだ。

彼らは祭りの人込みに再び消えた。

政次らは子供神輿が通り過ぎるのを見送り、越後《えちご》新発田《しばた》藩《はん》の上屋敷をぐるりと回って、稲荷小路に西側から入った。

烏森稲荷はこの小路の中ほど、高家《こうけ》肝煎《きもいり》の武田《たけだ》大膳大夫《だいぜんのだいぶ》と御《お》小姓組《こしょうぐみ》池田《いけだ》修理《しゅり》家《け》に挟まれ、小路をはさんで前には上野《こうずけ》伊勢《いせ》崎藩《ざきはん》酒井《さかい》下野守《しもつけのかみ》家《け》の上屋敷と旗本《はたもと》御書院番頭《ごしょいんばんがしら》の大島備後守《びんごのかみ》の上屋敷があった。

武運長久を祈願する稲荷社らしく武家地のど真ん中にあるのだ。

稲荷社の門には
「烏森稲荷大明神」

と大書された大幟が立ち、提灯《ちょうちん》が飾られた踊り屋台や神楽の舞台が並んでなかなか賑やかだ。

「杉の神符はどこでくれるんだ」

亮吉の頭にはそれしかないらしい。

「亮吉さん、まずはお参りよ」

稲荷社は周りのお屋敷から寄進があると見えてなかなか立派な佇《たたず》まいを見せていた。

その社殿に向かい石畳の参道が延びていた。

四人は人込みに押されるように社殿の前へと進み、お賽銭《さいせん》を入れて思い思いに祈願した。

しほは金座裏や鎌倉河岸の住人たちの無事息災をまず祈った。そして、最後に、

(お稲荷様、政次さんが立派に金座裏の十代目に就くことができますよう。そして、政次さんが十代目を襲名した暁《あかつき》にはしほと所帯が持てますように)

と祈願した。

政次は、

(御用が無事に勤まりますように)

と願った。

彦四郎はただ賽銭を投げ込んで頭を、

ぺこり

と下げただけだった。

そのとき、血相を変えた侍たちが烏森稲荷の境内に入ってきて、参拝の人込みを掻き分けて人を探し歩く様子を見せた。

「そう押すなよ、子供がいるのが分からないか」

「文句を申すな。火急の用だ」

「こちら様だって一年一度の稲荷の初午だ。無粋《ぶすい》な真似《まね》をするんじゃねえ」

「なんと申したな」

いきり立つ若侍に年配の武士が、

「須賀《すが》、よせ。人前である」

と止めた。

亮吉は瞑目《めいもく》して手を合わせた後、迷った。

(お菊ちゃんもいいがまだねんねだ)

だれかいい女が、あら、亮吉さん、私と苦労してみない、などと言ってくれないものかと考えた末に面倒になって社殿前からさっさと下がった。

すると突然、

「あら、亮吉さんじゃない」

という声がして、突然年増《としま》女に抱きつかれた。

「ちょちょっと、待ってくんな。おれは確かに亮吉だがよ、姐《ねえ》さんはだれだっけ」

女は亮吉の体に自分の顔を埋めるようにこすりつけた。

「あら、覚えていてくんないの。こっちにいらっしゃいな、顔をよく見せてあげる」

女は小柄の亮吉と顔を間近で合わせたまま、社殿下にあるお狐様の石像のところに引っ張るように連れていった。

「おい、ちょいと体を離してくんな」

「あら、憎らしい。いい人ができたのね」

「そんなんじゃねえや」

女が辺りを見回し、ふいに亮吉から体を離した。

亮吉の目に二十六、七の女の顔が映じた。厚化粧だがなかなか艶《つや》っぽい女だった。

だが、目はなにかを油断なく探っていた。

「姐さん、確かにどこかでお見かけしたことがあらあ。だがよ、どうしてもどこで会ったか思い出せねえや」

「薄情者ねえ。亮吉さんは相変わらず金座裏のお手先なの」

「いかにも手先だ。暑い日も寒い日も江戸の町を走り回っているお兄さんだ」

「近々会ってくんない」

「いいけど姐さんの身許《みもと》が分からないや」

「亮吉さんの長屋はどこだっけ」

「鎌倉河岸裏のむじな長屋だがよ」

「今晩にも寄せてもらうわ」

女が、
すいっ
と亮吉のかたわらを離れ、
ふわっ
という感じで祭りの人込みに紛れ込んだ。

「亮吉さん、見せつけてくれるじゃない」

しほが怒ったような顔で睨《にら》んだ。

「しほちゃん、そんなんじゃねえや」

「そんなんじゃないって、どういうこと」

「確かにどこかで会った顔なんだが、名前も会った場所もはっきりしねえんだ」

「そんな人がなぜ人前で亮吉さんに抱きつくの。おかしいわ」

「おかしいって相手に聞いてくれ」

しほが政次を振り見た。

「亮吉はだしにされただけだ」

「だしって」

「先ほどから侍たちがだれぞを探して歩いている。稲荷社の前に追い込まれた女はうろ覚えに顔を知っていた亮吉と連れのように侍たちの前で装って、危いところを逃れようとしたのさ」

「どういうこと」

「さてな」

政次もその先は推量のつけようもない。

「若親分、杉の神符はどこでくれるんだ」

亮吉がそのことを思い出し、女の一件は忘れられた。

二

一行は烏森稲荷の雑踏を抜け、御旅所に戻った。杉の葉で作られた神符は御旅所で分けていると稲荷社で聞いたからだ。

「若い衆、すまねえが効能のありそうな杉の神符を人数分分けてくんないか」

亮吉が祭り半纏を着た若い衆に頼んだ。

「お兄さん方はどこの町内だえ」

「おれっちかえ、金座裏だ。遠くから烏森稲荷にお参りに来たんだ、頼まあ」

「すまねえが神符は烏森稲荷の氏子だけなんだ」

「そこをさ、曲げてなんとかなんねえか」

「兄さん、そうしてえが杉の葉は町内の年寄りが手作りしたものでな、数に限りがあらあ。祭りに来ただれもが神符を下さいと願うけどよ、数が足りないのさ」

「なんとか一つならねえか」

亮吉が願ったが若い衆は、

「一人やれば大勢の人が押しかけらあ、勘弁してくんな」

と、がんとして聞き入れなかった。

「亮吉、私が焚《た》き付けたのが悪かった。すまないが我慢しな」

と政次に言われて亮吉も得心しようとした。

そのとき、

「若親分、烏森稲荷に信心かえ」

という声がして、祭り酒に顔を照からした旦那の源太《げんた》が立っていた。

源太は金座裏の下っ引《したぴ》きの一人で、この町内に住んでいた。表向きの稼業は近江国《おうみのくに》伊吹山《いぶきやま》名物もぐさ売りでもぐさを小僧に担がせて、自分は羽織をぞろりと着て商いを続けながら、あれこれと情報を集めてくるのだ。そんな情報のなかから、

「これは怪しいぞ」

と思うものを金座裏にご注進に及び、犯罪を未然に防ぐ役目を果たしていた。旦那と異名をとるだけに恰幅《かっぷく》がよく、俗にいう役者顔で押し出しがきいた。

「源太兄さんはこの町内でしたたな」

「若親分、烏森稲荷の氏子の二葉町でさあ」

と答えた源太がお神酒所《みきしょ》に集まる町役に、

「旦那方、こちらは金座裏の政次若親分とご一行だ」

と紹介した。

「おおっ、いつぞや読売で読んだぜ。宗五郎さんはいい後継を得たってねえ。読売に間違いはねえや、男っぷりもいいし、顔立ちが凜々《りり》しいや。最前から神符神符と寝言みてえに叫んでよ、掛け合うちびとはだいぶ貫禄《かんろく》が違うねえ」

と酒に酔った勢いで町役の一人が言い出し、亮吉が、

ちえっ

と音高く舌打ちをした。

「神符はもらえねえ。ついでに若親分と比較してちびだと吐《ぬ》かしやがる。踏んだり蹴《け》ったりとはこのことだ」

「亮吉、ぼやくねえ」

と源太が鷹揚《おうよう》に答え、

「町役さん、おれの杉の神符をこのどぶ鼠の兄さんにやってくれまいか」

と頼んだ。

「金座裏の宗五郎親分のご一統だ。氏子の源太さんの頼みでもある。春吉《はるきち》、お渡ししな」

と町役が若い衆に命じた。

「源太兄い、助かったぜ」

亮吉が源太に礼を言い、若い衆が御旅所の奥から清々《すがすが》しくも杉の葉で作られた神符を二つ手にしてきて一つを亮吉に渡し、

「ほれ、どぶ鼠の兄さん、品川女郎にもてるように神符だ」

と渡した。

「どぶ鼠の名が烏森稲荷の町内にも広まったぜ」

とぼやきながらも亮吉がうれしそうに受け取った。若い衆は、

「これはそっちの小町娘にだ」

としほにも差し出した。

「あら、私にも」

しほが町役や若い衆、それに旦那の源太に礼を述べた。

「源太兄さん、ありがとう」

と政次が礼を述べ、懐の真新しい手拭《てぬぐい》をすいっと抜くと源太の手に、

「兄さん、汗拭《ふ》きに使っておくれ」

と渡した。

「若親分、汗拭きくらい持っているぜ」

と答えた源太の顔が微妙に変わり、

「折角《せっかく》の若親分の好意だ、貰っておこう」

と袖に器用にすいっと入れた。

手拭には一両小判が挟んであったのだ。

下っ引きの源太は旦那然とした恰幅だが、懐はいつも空っけつだった。

「源太兄い、祭り酒を飲み過ぎんじゃねえぜ」

「どぶ鼠、だれに神符をやるんだか知らないが首尾を祈っているぜ」

と亮吉と源太が言い合い、一行は久保町原の御旅所から町屋に戻った。

日比谷《ひびや》稲荷の近く、東海道の源助町《げんすけちょう》の辻《つじ》だ。

「若親分よ、こうして神符は頂いたがよ、なんとなく口寂しいな」

と亮吉が酒を催促した。

「彦四郎、どこかこの界隈で美味《おい》しい料理を食べさせるところを知らないか」

と政次が聞いた。

船頭の彦四郎は口の奢《おご》った客を案内して料理茶屋などに送っていくから、なかなかの物知りだった。

「そうだな、ちょいと歩いて新銭座町《しんぜにざちょう》の角に蕎麦屋《そばや》があらあ」

「彦四郎、蕎麦なんて年寄り病人の食うもんだぜ」

と亮吉が注文をつけた。

「芝の浜で採れたこはだなんぞを鮨《すし》や造りにして出すそうだ。蕎麦は料理の後の口直しだ。おれは食ったことがないがうまいと評判だ」

「いいな、案内してくれ」

と政次が言い、

「亮吉、蕎麦はたしかに年寄り病人の食うものかもしれないね、どうするね」

「若親分、おれだけ先に帰そうという算段《さんだん》か。そりゃあ、聞こえませぬ、伝兵衛《でんべえ》様」

と芝居がかりの声音《こわね》で亮吉が応じて案内の彦四郎より先に立って歩き出した。

江戸前魚料理と蕎麦割烹《かっぽう》の暖簾を上げた小体《こてい》な店は浜御殿《はまごてん》の南から引き込まれた堀割に面してあった。ちょうど二階座敷が空いたとか、一行四人は直《す》ぐに招じ入れられた。

「女将《おかみ》さん、なにはともあれ酒だ」

と亮吉が酒を頼み、政次が、

「美味しいものを見繕《みつくろ》ってもらいましょうか。蕎麦は最後でいいね」

と注文した。

腰を落ち着けた亮吉が、

「この杉の神符、どうしたもんかねえ。扱いに困るぜ。懐に入れても杉の葉が潰《つぶ》れそうだし、どうしたものか」

と迷って、しほを見た。

「私は手にして金座裏まで持って帰るわ」

「酒を飲むのに邪魔だぜ」

と言いながら懐に突っ込もうとした亮吉が、
うーむ
と怪訝《けげん》な顔をして動きを止めた。

「どうしたの、亮吉さん」

しほの問いには答えようとせず亮吉が懐から縞《しま》の財布を引き出した。それは亮吉のもので格別怪しいものではない。だが、縞の財布と一緒に奉書に包まれたものが出てきた。

「こりゃあ、なんだ」

亮吉が素《す》っ頓狂《とんきょう》な声を上げた。

「なんだたあ、こっちが聞く台詞《せりふ》だ。自分の持ち物くらい覚えていろ」

「彦四郎、おれんじゃねえから怪しんでるんだ」

「亮吉、見せておくれ」

と政次が亮吉から受け取った。

奉書の表書きに、

「仁賀保《じんがほ》家《け》御嫡男《ごちゃくなん》太郎《たろう》佑《すけ》氏智《うじとも》様《さま》御臍之緒《おへそのお》
寛政《かんせい》八年如月《きさらぎ》三日」

と書かれてあった。

「臍の緒のようだ」

「臍の緒だって、そんなもん、おりゃあ知らないぞ！」

亮吉が叫び、政次が、

「先ほど亮吉に抱きついた女が懐に差し入れていったのさ」

「なんだって、あの女がそんなことをしやがったか！」

「亮吉さんたら、懐に手を入れられたのに気付かなかったの」

「しほちゃん、だってよ、いきなり女に抱きつかれたんだぜ。鳩《はと》が豆鉄砲くらったみてえにぼおっとしているうちに女が離れていったんだ。臍の緒なんぞおれの懐に放《ほう》り込んでいきやがって、どうする気だ」

「さあてな」

としばし思案した政次が、

「おそらく烏森稲荷で必死にだれかを探していたのが仁賀保家の家来だね。探していた相手は亮吉に飛びついた女だ。女はなぜか臍の緒なんぞを屋敷から持ち出してきた」

と言った。

政次は糊《のり》付けされた奉書紙の包みに臍の緒となにか書付が入っていることを感触で確かめていた。開くのは金座裏に戻り、親分に相談してからでも遅くはあるまいと考えたとき、酒が運ばれてきた。

「おっ、来た来た。おりゃあ、だれのものか知らない臍の緒より酒がいい」

と女衆《おんなし》の盆から徳利を取り上げた。

「亮吉さんたら、少しくらい待てないの」

女中が苦笑いしながら酒器と燗《かん》徳利を膳に配った。

しほが引き下がろうとする女衆に、

「お手隙の折で結構です、硯《すずり》と筆を貸してもらえませんか」

と頼んだ。

しほは今や金座裏の欠かせぬ女絵師として、めきめきと腕を上げていた。いつもは画帳や絵筆を持ち歩いているのだが、今日はお洒落《しゃれ》をしたせいで持参しなかったようだ。

「しほちゃん、懐紙《かいし》ならばある」

「それでいいわ」

しほが頷《うなず》き、政次が懐紙を渡した。

「亮吉、あの女の身許を思い出したか」

彦四郎が手酌で酒を注《つ》ごうとした亮吉に聞いた。

「さっきからそいつを思い出そうとするんだが、どうしても浮かばねえんだ。おりゃあ、お屋敷に関わりのある女なんて知り合いにいねえからね」

と首を捻《ひね》った亮吉が、

「ご一統さん、独楽鼠の亮吉に酒を飲ましてくんな。ひょっとしたら思い出すかもしれねえからよ」

と断ると徳利から盃に注ぐやいなや、くいっと飲み干した。

「まだ、だれも飲んでないのよ。亮吉さんたら、行儀が悪いわ」

「しほちゃん、酒を前にした亮吉に行儀を求めても駄目だ。さあてと、この臍の緒の始末だ」

「仁賀保様なんて変わった名だわ。烏森稲荷近くのお屋敷よ、直ぐに分かると思うわ。帰りにお返ししてきたらどう」

「しほちゃん、女が臍の緒を仁賀保家から持ち出したのにはなにか謂《いわ》れがなければならない。そいつを知ってからでも臍の緒をお返しするのは遅くはないと思うな」

「そうだ！」

と亮吉が叫んだ。

「なんだ、どぶ鼠」

彦四郎がのんびりと聞いた。

「あの女、おれの長屋を聞きやがった」

「教えたの」

「しほちゃん、だって女に抱きつかれているんだよ、考える暇もないよ。むじな長屋と答えたさ」

「そしたら、女がどう答えたな」

「今晩寄せてもらうわって、耳元で囁《ささや》いたんだ」

亮吉が答えたとき、料理と一緒に硯箱や筆が運ばれてきた。

「帳簿付けの筆ですけど、かまいませんか」

女将がすまなそうに使い込んだ小筆を指し示した。

「女将さん、十分、間に合います」

しほは硯箱の蓋《ふた》をとり、水差しから硯に水を垂らすと慣れた手付きで墨を磨《す》った。

「しほちゃんが墨を磨る姿は一幅《いっぷく》の絵だぜ。描くより描かれるほうがお似合いだ」

「亮吉さん、世辞を言ってもなにも出ないわ」

「世辞なんて、そんなんじゃねえや」

一同が見守るなか、墨を磨り終えたしほが筆をとり、懐紙を構えた。

筆が躍った。

一気に筆が動かされ、

「記憶が薄れないうちに描いたものだけどどうかしら」

と政次らに見せた。

「さすがにしほちゃんだ、この女だぜ」

まず彦四郎がしほの記憶の確かさを誉《ほ》めた。

「婀娜《あだ》っぽい感じがよく出ているね、吉原や品川の女郎さんかと思ったが違うね。前身はお妾《めかけ》さんかなんかのようだ」

政次も考えを述べた。

「政次、年はいくつだ」

「二十五、六かね」

「そんな頃合だねえ。絵で見ても様子がいいや。亮吉がでれでれとやに下がるのも仕方がねえか」

彦四郎の悪態にも耳を貸さずに首を捻って最後まで絵を覗き込んで考えていた亮吉

が、

「やっぱり覚えがねえ」

「覚えがねえじゃねえや。思い出せないだけだろう」

「そういうことだ」

と言うとふうっと一つ大きく息を吐いた。

絵を描き終えたしほが筆記用具を片付け、燗徳利を手にして男たちの盃に酌をした。

「それにしてもおれの情けねえ恰好はどうだ。女にすがられてあたふたしているぜ」

しほが早描きしたのは女の顔と全身、それに亮吉に抱きついている様子の三態だ。

「亮吉、おめえが言うとおり、全くだらしねえぜ」

「彦四郎、あんなときよ、男はどうすりゃあいいんだ」

「そりゃあ、おまえ、そっと相手の身を引き離して、おまえさん、なんぞ勘違いをなすっちゃいませんかと相手に恥を掻かせないようによ、小声で続けるんだよ」

「彦、言えるか」

「まず無理だ」

彦四郎が正直に答え、しほが注いでくれた盃を手にした。

臍の緒騒ぎで出鼻をくじかれて、美味しそうに並んだ料理も酒もどことなく興が薄れた。

「若親分、どうするね」

「帰りに旦那の源太兄いに会って、仁賀保家を調べてもらおう。まず烏森稲荷界隈の屋敷のはずだ。女は初午の日に屋敷が町衆に開放されることを承知で屋敷に入り込み、臍の緒を持ち出してきたと思える」

「若親分、大勢でまた祭りの町に戻ることもねえや。おれが源太兄いと会うよ」

「頼もう。その次第で親分と相談し、この臍の緒をどうしたものか考えようか」

一同が頷き、

「亮吉、しほちゃんの描いた絵を持っていけ」

と絵を渡した。それを受け取った亮吉が懐に仕舞いながら言い出した。

「若親分、女はむじな長屋に現われるかねえ」

「来るだろうな。あれだけの危険を冒して臍の緒を盗み出したんだ」

「お菊ちゃんはなんと思うかねえ」

亮吉の心配はそこにいった。

「亮吉、名も思い出せないような女だよ。お菊ちゃんはなにも思うものか」

「そうかな。あんな婀娜っぽい女を見たら、お菊ちゃんはきっと亮吉さんたらあんな女の人と親しくして不潔だわ、なんて考えねえか」

「亮吉、お菊はおまえのことをなんとも思ってないかもしれないんだ。なんでそこまで気を回すかねえ」

「彦四郎、お菊ちゃんはよ、この前、亮吉さんは親切で頼りがいのある兄さんのようだと言ったんだぞ」

「はいはい。聞いておきます」

幼馴染みの会話に遠慮はない。

首をまた捻って盃を口に持っていこうとした亮吉が、

「臍の緒なんて他人には一文の価値もねえのによ。金目のものでも持ち出すがいいじゃないか」

と言い出した。

「亮吉さん、それだと盗人《ぬすっと》の肩を持つような言い方だわ」

「しほちゃん、おれはものの道理を言っただけだ」

「料理を食べようか」

政次の声に一同は黙々と江戸前の魚料理とはだの押鮨を楽しみ、最後に更科《さらしな》風の蕎麦を食して昼餉《ひるげ》を終えた。

一同は再び東海道を芝口町まで戻り、亮吉と政次ら三人は二手に分かれることになった。

三

金座裏に立ち寄ったしほと彦四郎は宗五郎やおみつに挨拶《あいさつ》して、それぞれ奉公先の豊島屋《としまや》と綱定《つなさだ》に戻った。

政次は養父の宗五郎に臍の緒を見せ、その経緯を語った。

「なにっ、亮吉に抱きついた女がそんなものを入れていきやがったか」

宗五郎は奉書包みや所帯を確かめた。

「仁賀保家は確か御書院番だと思ったがな。表書きは若いがちゃんと字を教え込まれた人間の筆跡だぜ」

宗五郎が言いながら臍の緒の入った奉書包みをそっと開いた。すると乾ききった臍の緒と書付が出てきた。書付は薄紙で折り込まれていた。さらに宗五郎が披《ひら》くと下手な字で、

「たろう佑
父じんが保ちから

母おえい」

と書かれてあった。

御書院番は御書院御番頭と正式には呼ばれ、戦時には御小姓組と一緒になって将軍を護衛する任務を負い、平時には城中の要所を御小姓組と交替で守備し、将軍の出行には乗り物の前後を固めた。

一番から六番まであり、御番頭は四千石高、城中では諸大夫菊《しょだいぶ》の間席、直接その下に与力十騎同心二十人を従えた武辺《ぶへん》の家系だ。

「表書きとは手が違うな」

宗五郎が政次に書付を渡した。

「ちからという方が仁賀保家の当主でしょうか」

「書付の書き手がおえいだとすると、この辺に此度《こたび》の騒ぎの因《もと》がありそうだ」

と二人は言い合ったがそれ以上に話が進むことはなかった。

手先たちは初午の人込みに見回りに出て、金座裏は静かな昼下がりだった。

事が動き出したのは夕暮れのことだった。八百亀《やおかめ》ら手先たちが金座裏に戻ってきて、親分に、

「今のところ騒ぎはどこも起こっていませんぜ」

と報告した。

「昼間は子供祭りだからな。日が落ちて祭り酒に酔いくらった奴が騒ぎを始めなきゃあいいがな」

宗五郎が番頭格の八百亀に応じているところに亮吉が旦那の源太を伴い、戻ってきた。

「親分、旦那を見つけるのに手間どった。あっちのお神酒所、こっちの御旅所と酒を飲み歩く旦那の後を追って烏森稲荷の氏子じゅうを歩かされたぜ」

と亮吉がうんざりした顔で言った。

頷いた宗五郎が、

「源太、初午の日にご町内を離れさせて悪いな」

と、まずそのことを詫《わ》びた。

「なあに酒はもう十分だ」

と答えて長火鉢の前にどっかと座る源太に宗五郎が、

「御書院番頭の仁賀保様ではなんぞ騒ぎが起こった様子か」

「親分、田村小路の仁賀保家にも稲荷社があってな、今日はご町内の衆は勝手にお参りができてさ、神楽や手踊りが見物できる趣向だ。まあ、あの辺の屋敷の多くが出入り自由だから珍しくもねえが、仁賀保家では例年稲荷社参りをした人間に酒と稲荷寿司を振る舞うならわしでさ、この稲荷寿司がうまいってんで、結構人が押しかけるのさ」

と源太は少しろれつの回らない言葉で前置きした。

「旦那、茶でも飲んで酒の火照《ほて》りを冷ましねえな」

八百亀が長火鉢にかかっていた鉄瓶の湯で茶を淹《い》れ、源太の前に差し出した。

「八百亀の兄い、おれにも一杯恵んでくんな」

「独楽鼠、自分で淹れな」

と八百亀に一蹴《いっしゅう》され、ぶつぶつと言いながら亮吉が急須《きゅうす》を手にした。

八百亀の淹れた茶で喉《のど》を潤した源太が、

「仁賀保の家で騒ぎの起こったのは稲荷寿司が配られ始めた昼前のことだ。稲荷寿司目当てに町内の子供や女たちが大勢詰め掛けていた最中に、奥に入り込んだ女が仁賀保家の嫡男太郎佑氏智様の手を引いて、屋敷の外に連れ出そうとしたとかしないとか。お女中の一人に見付かり、大声で騒ぎ立てられたんでさ、女はひとり屋敷の外に逃れたそうだ。そこで家来衆が女をとらえんと町内じゅうを探し回る騒ぎになったというわけだ」

政次は旗本家にしては武骨な男たちだと思ったが将軍家を護衛する御書院番頭の直属の同心だったかと納得した。

「臍の緒は屋敷から持ち出したものか」

「親分、そいつはまだ調べがついてねえんだ」

と亮吉が答え、

「というのもさ、騒ぎの後、仁賀保家では稲荷社詣《もう》でを打ち切り、屋敷から町内の人を追い払い、表門を閉ざしてしまったんだよ。騒ぎの一件も旦那が通いの飯炊きの婆さんの長屋を訪ねて、鼻薬を効かせて聞き込んだことだ。おれ一人じゃどうにもならなかったよ」

と言い足した。

「源太、女が嫡男を連れ出そうとした理由はなんだ」

それだ、と源太が酔眼《すいがん》を宗五郎に向けた。

「仁賀保伊賀守主税《ちから》様は当年とって三十一歳、親父《おやじ》どのが亡くなられた跡を継いで御書院番頭に就かれたのが三、四年前のことだ。奥方は寄合《よりあい》三千五百石津田様から迎えられたお早希《さき》様という方で、近所の評判ではさ、様子はいいが滅法気が強いということだ。この二人の間に生まれたのが太郎佑氏智様ということになっているがねえ、どうやら嫡男は主税様が外で生ませた子のようだぜ、そんな噂《うわさ》が一時町内に流れたことがあらあ。飯炊き婆さんもさすがにこの一件、口が固くて喋《しゃべ》らねえ」

　下っ引きの源太はさすがに町内のこと、よく承知していた。

「亮吉の話を聞いて、ははあーんとおれはすぐに噂を思い出したのさ。主税様は結構な遊び人でねえ、若いうちから官許の吉原、四宿《ししゅく》と遊び歩いた挙句に深川の羽織と互いに惚れ合って、子を成し、外に出て所帯を持つとか持たないとか騒ぎを起こしたことがあった。だが、まだ先代が生きていて、それがしが目の黒いうちはそのような馬鹿はさせぬと激怒されたとか、用人が相手の深川芸者に因果を含めて別れさせたそうだ」

　深川の羽織芸者が江戸で知られるようになったのは寛保《かんぽう》年間頃と推測された。

『寛保・延享江府風俗志』に、

「近年町女の帯は下に細帯〆たうへの錺《かざ》り迄にて有し、あまつさへ此頃は一重結びて、二重目はさげて引きずりあるく、是は深川辺芸者といへる、いやしき者の真似なるべし」

　深川七場所に鬻《ひさ》ぐ遊女たちの風俗が町娘に影響を与えていたという。ともあれ御免色里の吉原が超絶の衣装、風俗、仕来《しきた》りを売り物にした、

「玄人遊女《くろうと》」

とするならば深川の羽織芸者は、

「娘風」

あるいは
「素人風《しろうと》」

と対照的であった。

「二人の間にできた子は屋敷に引き取られたか」

「こいつは先代が生きているうちはできない相談だと思うな、なにしろ頑固一徹なお侍だったからね。ところが一方のお早希様だ、石女《うまずめ》とか、仁賀保家に入られた後、長いこと子が生まれなかったんだ。そこでさ、親父がなくなった後、女に因果を含めさせ、主税様が外で生ませた子をお早希様との間に生まれたようにして引き取ったということは考えられらあ。飯炊き婆さんの話だと奥方は気が強い上に結構な悋気《りんき》持ちとか、一騒ぎあったことは想像できるねえ」

「お早希様と太郎佑様の仲はどうだ」

「最初は嫌がったそうだが、今は猫っ可愛《かわい》がりにして育てているそうだぜ。そんな中に女が乗り込んで、太郎佑様を連れ出そうとしたとしたら、お早希様が怒り心頭、女を見付け出して叩き殺せくらいのことは家来に命じかねないぜ」

「騒ぎが起こり、臍の緒がこうやって現われたところを見ると源太の見方があたっていよう」

武家方にとって嫡男が生まれることは家禄を安堵《あんど》されることだ。正室の子であれ、側室の子であれ、男子を授かることが大事なことだった。

宗五郎が臍の緒と一緒に入っていた書付を亮吉と源太に見せ、

「どうやら仁賀保家の嫡男の生母はお早希じゃねえ、おえいという女のようだな。亮吉、人前でおめえに抱きついた女がおえいか。それともまだ思い出さないか」

「深川の羽織芸者でおえいねえ、おれにはそんな粋筋《いきすじ》の知り合いはねえぜ」

亮吉が相変わらず首を捻った。

「殺し、盗みという話じゃねえ。これ以上、武家方の話に町方が首を突っ込んでも事を大きくするだけだ。嫡男がだれの子であれ、もはや太郎佑氏智様は仁賀保家の後継だ、そっとご成長を見守るだけだな」

「親分、あの女がまた太郎佑様を連れ出そうなんて考えねえかね」

亮吉がそのことを案じた。

「初午の日の騒ぎに乗じて旗本家の奥まで入り込めたのだ。仁賀保家でも今後は警戒を強められよう、まずその心配はあるめえ」

宗五郎がそう答えを出し、

「さて、残ったのがこの臍の緒と書付だ」

と二つを手にした。

「親分、むじな長屋に女が取り返しに来るかねえ」

「おれたちが知らないことがまだ隠されてるような気がするが、どうしたものか」

と宗五郎が政次を見た。

「政次、乗りかかった船だ。亮吉を助けて決着をつけてみねえ。こいつは騒ぎ立てたり、咎人《とがびと》を作ることじゃねえ。両者穏便にすませればそれにこしたことはねえ」

「畏《かしこ》まりました」

と政次が請け合い、宗五郎から臍の緒と書付を預かった。

「源太、折角の初午を無駄にしたな、男臭いがうちで飲んでいきねえな」

その気配を察したようにおみつや女衆が燗のついた徳利や盃を居間に運んできた。


その夜、亮吉は一人むじな長屋に戻った。

その後、金座裏で一番若い手先の波太郎《なみたろう》を伴い、政次も夜の町に出た。そして、鎌倉河岸の豊島屋に顔を出したときには、政次ひとりだった。

「あら、珍しいわね」

しほが直ぐに姿を見つけて駆け寄ってきた。

店は今日も大勢の客で溢《あふ》れ、初午の夜の熱気が豊島屋にも移った感じだ。

「おや、若親分、来なさったか」

清蔵《せいぞう》が政次に声をかけてきた。

もはや店の実権は倅《せがれ》の周左衛門《しゅうざえもん》に譲っていたが毎晩店に陣取り、客と話をすることが清蔵の楽しみ、生きがいになっていた。とりわけ捕り物話が大好きな清蔵だった。

「今日はしほちゃんをお借りしまして申し訳ございませんでした」

「そんなことはどうでもいいが、独楽鼠が女に抱きつかれたって。この世の中には不思議な話があるもんだねえ」

苦笑いする政次のかたわらから、

「清蔵様、そんな話はお天道様《てんとさま》が西から出るよりねえ話だ、ございません」

と酔っ払った兄弟駕籠の兄、梅吉《うめきち》が口をはさんだ。普段《ふだん》は無口なだけに妙に説得力があった。

「ところが梅吉さん、ほんとの話なんだ」

「若親分、女は目が不自由か」

「いえ、どこにも不自由はございませんし、ちょいと年増だがなかなか綺麗《きれい》な女でしたよ」

政次の答えに、

「そんな馬鹿な」

と梅吉が首を横に振った。

しほがすかさず梅吉の前に一枚の絵を出した。

亮吉が女に抱きつかれた様子が彩色されて描かれていた。

しほは豊島屋に戻り、絵の具を使って描き直したようだ。

「おおっ、まるで衣紋《えもん》掛けだねえ。どぶ鼠め、棒を立てたようにつっ立っているぜ」

「亮吉は一生分の運を使い果たしたんじゃないか」

兄の梅吉がようやく得心したように言い、繁三《しげぞう》が掛け合った。

「待て、待って下さいな。この女、どこかで見たことがあるんだがな」

と言い出したのは清蔵だ。

腕組みして思案する清蔵に、

「清蔵様もご存じですか」

と政次が聞いた。

そこへ彦四郎が入ってきてすぐに事情を察したように清蔵を黙って眺めた。

「政次さん、見知った顔ですよ。喉のところまで出かかってるんだがな、どこで会ったか、思い出せません」

と清蔵がいらいらした顔をした。

「大旦那の様子は亮吉さんと全く一緒だわ」

としほが呆《あき》れた。

「清蔵旦那と亮吉がともに承知とはどんな因縁の女なんだ」

繁三が呟《つぶや》いた。

「政次さん、亮吉さんはどうしたの」

「むじな長屋に戻っているよ。女が訪ねてくればすぐにこちらに知らせが入る手筈《てはず》なんだ」

「なんだ、そんなことがあってうちの店に来たの」

しほが言い、

「あの女の人、姿を見せるかしら」

と小首を傾《かし》げた。

むじな長屋は鎌倉河岸の裏長屋だった。

「御用じゃあ、お酒というわけにもいかないわね」

しほが下がり、政次に茶を淹れてきた。

その間にも清蔵は考え続けていた。

「糞っ！　年を取ると急に物覚えが悪くなり、見知った顔なのに思い出せませんよ」

気を落ち着けるためか、煙草《タバコ》入れから煙管《キセル》を出して刻みを詰めた。その間にも清蔵は考えている様子だった。

「大旦那、なんぞ思い出そうというときは一旦それを忘れてしまうといいんですよ」

と言い出したのは小僧の庄太《しょうた》だ。

「これ以上、忘れたら取り返しがつきませんよ」

「いいえ、うにうにした頭の中を空っぽにするとふいに思い出したりするんですって。うちのおっ母さんがいつも言ってました」

「そうかいそうかい。おまえのおっ母さんの考えにあやかろうか」

清蔵が言ったとき、銀町《しろがねちょう》の青物市場《やっちゃば》で働く若い衆が王子稲荷に行ったとみえて、狐の面などを肩にかけどやどやと豊島屋に入ってきて、急に賑やかになった。

「金輪寺《きんりんじ》まで結構な道のりだぜ、えれえ疲れた」

「婆様の墓参りじゃねえや、年寄りじみたことを言うねえ」

と言い合った連中が、

「しほちゃん、熱燗をくんな」

「庄太、田楽もどんどん運んでこい」

と命じた。

金輪寺とは王子稲荷と王子権現《ごんげん》の別称だ。一行をなにげなく見ていた清蔵が、

「思い出した！」

と叫んだ。

「なにを」

彦四郎が叫び返した。

「なにをって、彦四郎、女の正体だ」

「庄太のおっ母さんの忠告が効いたようだ」

と政次が言い、清蔵が姿勢を正した。

「五年も前のことだ。私はさ、知り合いの墓参りに深川冨吉町《ふかがわとみよしちょう》の正源寺《しょうげんじ》に墓参りに行ったんだ。そうだ、彦四郎、おまえさんが巽橋《たつみばし》際まで送っていってくれたんだったよ。節季《せっき》で忙しいからと私と亮吉を下ろして先に帰りなすった」

「あった。おれたちがまだ金座裏や網定に奉公したてだった。網定で油を売っていた亮吉を、なんでも勉強だ、深川まで付き合えと乗せていきなすった」

「そういうことだ」

「正源寺で亮吉に抱きついた女と会ったのかえ」

彦四郎が政次に代わって問い質《ただ》す。

「一人じゃなかったんだ。姉と妹でな、確か姉がおけい、妹がおえいだったたな」

「墓参りであっただけでよくもそんな名まで聞けたな」

「それだ。身重の妹が気分を悪くしたんですよ、そこで私と亮吉が寺の庫裏《くり》に運び、介抱したりして半刻《はんとき》ばかり（約一時間）一緒に話し込んだんですよ。もっぱら話をしたのは姉のおけいでしたがねえ、その姉がこの女です」

しほが描いた絵を清蔵が指した。

「となると旗本御書院番頭仁賀保主税様とわけありは妹のおえいのようですね。そのとき、腹にいたのが仁賀保家の嫡男の太郎佑様ということになる」

「どうやらそのようだねえ」

と答えた清蔵が、

「墓参りのせいか、二人して地味な造りでしてねえ、とても深川の羽織芸者とは思えなかったがねえ。亮吉が婀娜っぽく変わった女を墓参りの姉娘のおけいと気付かなかったのも無理はないよ、政次さん」

「妹のおえいになにかあったようですね」

政次がそういうと立ち上がった。

羽織の裾から銀のなえしが覗いたのを見た彦四郎が、

「政次、おれも行こう」

と従った。

四

むじな長屋の木戸を女の影が潜《くぐ》ったのは四つ（午後十時）を大きく過ぎた刻限だ。

密《ひそ》やかに訪《おとな》いを告げる声に亮吉が直ぐに腰高障子戸を開き、なにかひそひそと会話を交わしていたが、政次に命じられたとおりに臍の緒と書付を包んだ奉書を渡した。

「ありがとうよ、亮吉さん」

女が素直に礼を述べ、木戸口から出ていった。

いったん戸を閉めた亮吉が再び姿をどぶ板の路地に見せた。

その女、おけいの後を政次、波太郎、彦四郎の三人が鎌倉河岸裏の地理を利して巧妙に尾行し、さらに女が辿《たど》った道を間をおいた亮吉がつけていった。

政次はつなぎ役の波太郎と一刻（約二時間）も前から合流して、むじな長屋の見張りについていた。

おけいを尾行するものは四人だけではなかった。おけいはむじな長屋を訪ねたときから無粋な侍たちを何人も引き連れていた。

おけいは全くそのことに気付いてないのか、長い影を引き、鎌倉河岸を横切って船着場に向かおうとしていた。

河岸では八重桜の老樹が少し蕾《つぼみ》を膨らませてきた枝を風に揺らしていた。

おけいは鎌倉河岸に船で来たようだと政次らが見当をつけたとき、黒い影がおけいを囲んで輪をゆっくりと縮めた。

おけいは船に向かって走った。だが、船着場にも影の一団は人を配置していたらしく、おけいの行く手を塞いで姿を見せた。

畜生！

おけいの罵《のの》り声が鎌倉河岸に響いた。

「おけい、騒《はかま》がせてくれたな」

羽織袴の侍の一人が言った。

「なにを言いやがる！　わたしゃ、おまえさん方なんて知らないよ」

その声は必死さを滲《にじ》ませていた。

「白《しら》を切っても無駄だ。われら、御書院番頭仁賀保主税様配下の者たちだ。そなたが本日なした所業すべて承知だ」

どうやら影は御書院番頭に所属する与力同心の面々のようだ。代々この御役を務めてきた仁賀保家の当主にとっては家来も同然の者たちだ。また、将軍家の警護をなすだけに腕に覚えのある者たちで、武術の鍛錬もおさおさ怠りのない連中でもあった。

「仁賀保家なんて深川の女が知るわけもないや。わたしがなにをしたというんだよ」

おけいは時を稼ぎながら、だれか助けが来ないかという風に広い鎌倉河岸を見回した。だが、おけいを囲んだ一団のほかにだれの姿もなかった。

ただ、夜風がゆるく吹くばかりだ。

「わが屋敷の表門から屋敷に侵入し、仁賀保家の稲荷社に近付いた」

「初午の日だ。だれが稲荷社に参ろうと自由じゃないか」

「おまえはわが屋敷が初午の日の昼前に稲荷寿司を町内の者に下しおかれる習慣を利して、稲荷社から人の注視がなくなったのを幸いに社殿に手を差し入れて中に隠されていたあるものを盗み出した」

「あるものとはなんだえ」

おけいが居直った。

一団の頭分が答えるかどうか躊躇《ちゅうちょ》した末、

「仁賀保太郎佑様の臍の緒じゃあ」

「へへん、臍の緒だって。なんでそんなもんが稲荷社に隠されているんだよ」

「それは申せぬ」

「申せぬだって、最初からなかったからだろう」

「いや、あった。そなたが盗み、われらに追われたので顔見知りの男に預けたようだな、烏森稲荷の境内でだ。ただ今はおけい、そなたの懐にあろう」

「そんなもん、持ってないよ」

おけいの声が追い込まれたように甲高《かんだか》くなった。

「それそれ、声が切迫してきたわ。それが論より証拠だ」

「知らないね、わたしゃ」

「そればかりか、おけい、そなたは騒ぎに乗じてわが屋敷の奥まで忍び込み、太郎佑様を外に連れ出そうとした」

「知るかえ」

輪が縮まった。

「奥方様は旗本家の嫡男を拘引《かどわか》した罪、許し難しと怒り心頭であられる。おけい、まず臍の緒を返してもらおうか」

おけいは再び無人の鎌倉河岸に人影を探した。だが、仁賀保主税の配下の者しか見当たらなかった。

おけいは小さく罵り声を吐き、懐に手を突っ込むと亮吉から取り返したばかりの奉書包みを出して、侍の足元に投げた。

「これでいいんだろ、わたしゃ、行くよ」

とおけいが輪の外に出ようとした。するとおけいと問答を交わしていた侍が仲間に、

「騒がれぬ裡《うち》に殺せ」

と非情の命《めい》を告げた。

「なんだって！」

おけいの声は驚きに震えた。

「仁賀保家に仇《あだ》なすそなたの所業を奥方様は許されぬ。命、貰い受けた」

「畜生！　勝手なことを言わないでよ」

おけいの声が再び高くなり、最後の抵抗を試みた。

二人が抜刀してその一人がおけいに迫った。

据えもの斬りでもするかのような腰の落とし方で剣を大上段に振りかぶった。

そのとき、船着場で小さな悲鳴と物音が起こった。

刀を抜いた侍がちらりとそちらを見た。すると一つの影が船着場から現われた。

「だれだ」

「だれだとはこっちの台詞ですよ。鎌倉河岸は公方《くぼう》様のお住まいに近い河岸だ。そんなとこで辻斬りの真似はよされたほうがいい」

相手が一人と見たか、おけいと問答を交わしていた侍が無言の裡に仲間たちに命じた。残りの者たちも刀を抜くと政次を囲もうとした。すると河岸から商売道具の棹《さお》を持った彦四郎と波太郎が姿を見せた。

「おめえさん方、そちらのお方をだれか承知かえ」

「うーむ」

と奉書包みを手にした侍が羽織を着た若い町人を透かし見た。

「上様お許しの御用聞き、九代目金座裏の宗五郎の跡継ぎ、政次若親分だ」

彦四郎ののんびりした言葉は相手に衝撃を与えた。それでも強気に頭分が、

「屋敷内の揉《も》め事だ、町方風情が口を挟むでない」

と言い放った。

「私どもはおよその事情を察しております。御書院番頭のお身分にも差し支《つか》えがありましょう、このまま引き上げ願えませんか」

政次が諭すように言った。

しばし迷うように黙していた頭分がふいに行動した。

政次に向かって突進すると腰の剣を抜き打ちにして、襲い掛かった。なかなか迅速な剣捌《けんさば》きだった。

だが、政次は相手の抜き打ちの外へと、
するり
と間合いを取って逃れていた。

「分からないお人だねえ」

政次がそう言うと背の銀のなえしを抜いて構えた。

御書院番頭配下の行動部隊、同心たちが政次に向かって陣形を整え直した。

その様子を呆然《ぼうぜん》とおけいが見詰めていたが、そっとその場から逃げ出そうとした。

「おめえが起こした騒ぎだぜ。最後まで見物していきねえな」

と、いつの間にかおけいの前に立ち塞がったのは亮吉だ。

おけいが再び立ち竦《すく》んだ。

「り、亮吉さん」

「構わぬ、この場の全員の口を封じよ」

頭分が乱暴にも命じて、政次に向かって剣を正眼《せいがん》に構え直した。

政次は銀のなえしを顔の前に斜めに翳《かざ》した。

彦四郎が棹を槍《やり》のように構えると、

「おめえさん方、金座裏の若親分を嘗《な》めなさったねえ。若親分は赤坂田町の直心影流神谷丈右衛門道場の目録だぜ、腹を据えてかかってきなせえよ」

と宣告した。

「なにっ、神谷道場の目録だと。何事かあらん」

政次は頭上で銀のなえしをくるくると回し始めた。そして、回転をつけると手の内の平打ちの紐を滑るように伸ばした。すると銀のなえしが夜風を切って、
ぶんぶん
と勢いよく回転し始め、間合いを定めた。

「子供騙《だま》しじゃあ、一気に斬りかかれ」

頭分の命で輪から一人が飛び出した。

その動きを読んだ政次の銀のなえしがふいに伸びて突進してきた相手の眉間《みけん》を、
がつん
と叩くとその場に転がし、また平打ちの紐が引き寄せられ、銀のなえしは手に戻った。
「おのれ！」
頭分が政次に向かって正眼の剣を引き付けると鋭く斬り込んだ。
だが、政次の手にはすでに一尺七寸の銀のなえしが戻っていた。
斬り込まれてきた刃の下に大胆にも踏み込むとすり合わせるようにして刃を弾《はじ》いた。
きーん
という音が鎌倉河岸に響き、刃が物打《ものう》ちから折れ飛んだ。
あっ
と驚く相手の肩口に銀のなえしが叩き込まれて、腰砕けに倒れ落ちた。
一瞬の早業《はやわざ》だ。
残った仲間が怯《ひる》んだ。
「今晩は見逃しましょうか。二人を連れて引き上げなされ」
政次が言うと手の中で銀のなえしをくるくると回した。すると伸びていた紐がなえしの柄にすうっと巻き取られ、政次はそれを背の帯に突っ込んだ。

「行くよ、亮吉」

「合点だ」

亮吉がおけいの手を引くように船着場に下りた。するとそこにも侍が一人倒れていた。

政次は船着場から離れてひっそりと止まる屋根船に視線を投げた。

その船には家来の首尾を案ずる主、仁賀保主税が乗っているように思えた。

彦四郎が綱定の猪牙《ちよき》舟に政次、亮吉、そして、おけいを乗せると手にしていた棹で、
とーん
と船着場の杭《くい》を突いた。

「亮吉さん、どこへ連れていこうというんだい」

とおけいが言った。

「亮吉、その女《ひと》がだれか思い出したか」

彦四郎が聞いた。

「それがよ、未《いま》だ思い出せねえんだ」

「五年前、おめえも若い深川芸者の顔をまともに見られなかったくらい純情だったの

かねえ」

「深川芸者だって」

「おうさ、清蔵旦那の供で正源寺に墓参りに行かなかったか。おれが巽橋まで送っていったときのことだ」

あっ！

という声を発した亮吉が、

「おめえさん、気分を悪くしたおえいの姉さんか」

おけいが頷いた。

「あんとき、おえいさんの介抱に医者だなんだって駆け回ってよ、姉と妹が美形だったことは覚えているが顔も名も忘れていたよ」

と亮吉が叫び、

「おい、おえいさんの腹の子は仁賀保主税様との間に出来た太郎佑様か」

「亮吉さん、そのとおりさ」

四半刻（約三十分）後、おけいは宗五郎の前に畏まっていた。

亮吉と政次がむじな長屋と鎌倉河岸で起こったことを報告した。話を聞き終えた宗

五郎が、

「おけい、なんで臍の緒と書付を盗み出そうとしたんだ。いやさ、なぜ太郎佑様の臍の緒を稲荷社なんぞに隠してあったんだ」

と訊いて、長火鉢の小引き出しから奉書包みを出した。

それを見たおけいがあっ、と叫び声を上げた。

「亮吉がおめえに渡した奉書包みはおれが細工した偽物だ」

「驚いた」

とおけいが洩《も》らし、

「親分、その臍の緒と書付は元々妹が主税様との子を生んだときに書いたものなんですよ。それがさ、奥方がどうしても主税様と妹の手を切らせ、外で産んだ子を引き取ると深川の置屋に因果を含ませて二人を別れさせたばかりか子まで取り上げたんですよ」

「いくらか金子《きんす》がおえいに渡ったか」

「置屋には渡ったでしょうよ。おえいには十両ぽっちの手切れ金が渡されました」

「なんとなあ」

と嘆息した宗五郎は臍の緒が稲荷社に隠されていた経緯を改めて聞いた。

「主税様は妹と別れた後、一、二度深川に会いに来たんですよ。だけど、おえいはきっぱりと会うことを断りました、未練が残ってもいけないからね。最後に会いに来られたとき、臍の緒と書付を包んだ奉書包みを主税様に渡してくれと妹が私に頼んだんです。おえいはわが子の臍の緒さえも主税様にお返ししてさっぱりと想《おも》いを断ち切りたかったんでしょうよ」

茶を運んできて話を聞いていたおみつが、

「おえいさんの心意気が分かるような気がするね」

と呟いた。

「おかみさん、主税様は屋敷に持って戻れぬ。わが屋敷の稲荷社に隠しておこう。おえいが太郎佑に会いたくなれば、初午の日に屋敷にそっとこい。なんとか太郎佑の成長ぶりを見せようと約定《やくじょう》なされて大川を渡っていかれました。ですが、妹は一度だってそんな真似はしなかった」

「おけい、それがどうしてこんな騒ぎを起こしたんだえ」

「親分、おえいは半年前から胸の病に冒されて医師にはそう長くないと言われているんですよ。それで初午の日が近付くにつれて、臍の緒を返したのは間違いだった。わが子と一緒にあの世に行きたいと言い出したんです」

「それでおめえが初午の日に仁賀保様の屋敷に忍び込んだか」

「未だ臍の緒が隠されているかどうか訝《いぶか》しく思っていましたがねえ、ありました」

おけいは長火鉢に置かれた奉書包みを見た。

「そんとき、ふと思いついたのです。妹に太郎佑様を一目見せたら喜ぶだろうなとふらふらと奥まで入り込んだんです」

「だが、騒がれて慌てて屋敷の外に逃げ出し、烏森稲荷の境内に逃げ込んだ」

「でも、親分、家来たちが追いかけてきて、私を取り囲もうとしたんです」

「そのとき、おれの間抜け面《づら》が目に入ったか、おけい」

「亮吉さん、すまないね」

とおけいが片手拝みをして謝った。

「亮吉が女に抱きつかれるなんておかしいもんな」

金座裏までついてきた彦四郎が呟いた。

「主税様はわが子を連れ出そうとした女が、おえいと思ったのだろうな。直ぐに稲荷社を調べて臍の緒がなくなっていることに気付いた。主税様の考えか、悋気《りんき》持ちの奥方の命か、仁賀保家を脅《おびや》かすおえいの始末が発せられた。となればまず奥方の考えだろうな。深川の置屋からおめえの住まいが突き止められ、おめえが亮吉の長屋を訪ねるところを尾行された、そんな筋書きかねえ」

　と宗五郎が推測した。

「さてと、おえいは今どこにいるな」

「胸の病が酷《ひど》くなり、置屋にも町中の長屋にもいられません。わたしの知り合いを頼って鐘《かね》ヶ淵《ふち》の百姓屋の離れに暮らしております」

「病はどうだ」

「医師は明日に亡くなっても不思議じゃないと申しています」

　そう言ったおけいの気丈な顔が歪《ゆが》み、瞼《まぶた》にみるみる涙が浮かんだ。

「相手は御書院番頭か。さて、政次、どうしたものかねえ」

　と宗五郎が政次を見た。


　初午の日から二日後、大川が荒川と名を変える辺り、里の人が鐘ヶ淵と呼ぶ流れの淵に一艘《そう》の屋根船が入っていった。

　船頭は綱定の彦四郎と助っ人に政次と亮吉が新米船頭の体で乗り組んでいた。

　客は御書院番の仁賀保主税と太郎佑の親子だ。

「父上、障子を開けると寒うございますよ」

太郎佑が首を竦めた。

「太郎佑、そなたは父の跡を継いで上様をお守りする御奉公を致さねばならぬ身だ。この程度の寒さでおじけづいてどうする」

「でも、寒うございます」

「見よ、新綾瀬川《しんあやせがわ》が大川に注ぐ淵だぞ」

と主税が太郎佑に指さして教えた。

昼下がりの日溜《ひだま》りの離れ屋から屋根船が岸辺へと近付く様子をじいっと食い入るように見詰める女がいた。

陽光の当たる前庭に雌犬が日向《ひなた》ぼっこをするように横たわり、何匹もの子犬が乳を吸っていた。

女は元深川芸者のおえいだ。その潤んだ両眼は高い熱を発していることを表していた。

おえいの視線が太郎佑を見た。

その前日、千代田城御玄関前門の警護の奉公を終えた御書院番頭仁賀保主税は城下がりのためにいつものように新《あたら》シ橋に差しかかった。するとそこに二人の町人が待ち受けていた。

片膝《ひざ》を地面について畏まる金座裏の宗五郎と政次の親子だ。

「仁賀保の殿様にお願いがございます」

宗五郎が声をかけ、従う与力同心が慌てて飛んできて、なかには槍の穂先を突き付けた者もいた。

「御書院番頭仁賀保主税様の下城の行列である、下がりおろう！」

「お供の方、それを承知でお願い申しているのでさあ」

宗五郎が平然と答え、立ち上がると羽織の紐をぱらりと解いた。するとそこに金流しの十手の柄が覗いた。

古《こ》町町人《まちちようにん》にして幕府開闢《かいびやく》以来の御用聞き、金座裏の宗五郎の名は凡百《ぽんぴやく》の旗本より江戸で知られていた。なにしろ代々の将軍家お許しの十手持ちだ。

乗り物の扉が開き、主税が顔を覗かせた。

「その方《ほう》が宗五郎か」

「へえっ、お初にお目にかかります。わっしが九代目宗五郎、隣に控えおりますは十代目となる倅の政次にございます」

「金座裏、なにか火急な用事か」

「へえっ、初午の日の一件で殿様にお願いがございます。こいつはわっしらのためではねえ。仁賀保家のためになることだ」

家来たちがざわついた。しばし考えていた主税が、

「履物を持て」

と命じた。

乗り物と供の者を先に行かせた主税と宗五郎が肩を並べて歩きながらしばし話し込んだ。宗五郎のことを分けた話に耳を傾けた主税が、

「宗五郎、相分《あいわ》かった」

とだけ答えた。

その次の日のことだ。

仁賀保主税と太郎佑の親子が龍閑橋の船宿綱定を訪れ、待っていた屋根船に乗り込んで大川に出たのは……。

主税は遠くに眺めるおえいの顔に死相が取りついているのを見ていた。だが、五年前、惚れ合った折の容色をおえいは止《とど》めていた。

「ほれ、太郎佑、あちらの家を見てみよ。子犬が面白そうにじゃれ合っておるわ」

と教えた。乳を飲んで満足したか、子犬たちは日溜りでもつれ合って遊び始めた。

「父上、太郎佑も犬が飼いとうございます」

「犬か、よいな。どこぞで探してみようかな」

風に乗って聞こえる父と子の会話をおえいは、満足の笑みを浮かべて聞いていた。


数日後の夕暮れ、豊島屋に政次、亮吉の二人が悄然《しょうぜん》として姿を見せた。

「元気がないわね、どうしたの」

しほに尋ねられた二人はしばし何も答えなかった。

「どうしたっていうのよ」

「おえいさんが亡くなったんだ」

しほは立ち竦んだ。

「しほちゃん、おえいさんの柩《ひつぎ》に臍の緒が入れられたそうだ」

政次の言葉にしほが頷き、瞼を潤ませた。

「死ぬ前の日のことだ。仁賀保家にどこからか可愛い子犬が届けられたという話だぜ」

亮吉の言葉もしほの耳を素通りしていった。

第二話　女武芸者

一

赤坂田町《あかさかたまち》の直心影流《じきしんかげりゅう》神谷丈右衛門《かみやじょうえもん》道場で朝稽古《あさげいこ》が終わりかけた刻限、一人の訪問者があった。

「御免、お願い申す」

の声に応対に出たのは政次《せいじ》だった。

総髪《そうはつ》を後頭部できりりと結び、道中袴《どうちゅうばかま》、男装姿の女武芸者だった。女武芸者が神谷道場に現われたのも珍しいが、女は背に乳飲《ちの》み子を負ぶっていた。

「なんぞ御用でございますか」

政次は赤子を負った諸国漫遊中と思われる女武芸者に思わず聞いていた。

「神谷丈右衛門様の武名をあちらこちらで聞き及びました。江戸を訪ねた節はぜひ一手ご指南をと考えて参った者にございます。先生にお取り次ぎ下され」

年の頃は二十一、二歳か。化粧けもないが凛々《りり》しく整った顔立ちであった。

背の赤子は男子のようだ。

「お名前の儀は」

「円流小太刀《えんりゅうこだち》永塚小夜《ながつかさよ》と申す」

政次には円流小太刀という流儀は耳にしたことがなかった。

「暫時《ざんじ》お待ちを」

と道場に戻りかけた政次はふと思い付き、訊《き》いた。

「永塚様、道場破りということではございますまいな」

小夜が険しいが聡明《そうめい》そうな目を政次に投げ、

「そう考えられてもかまいませぬ」

と言い切った。

「驚いた」

と政次は思わず声を洩《も》らした。すると女武芸者の背で赤子が泣き出した。

「小太郎《こたろう》、泣くでない。今すぐに乳を与えるでな、しばし我慢せえ」

という小夜の言葉を背に聞いて政次は道場に戻り、見所下《けんじょ》に立って指導を終えた様子の丈右衛門に声をかけた。

かたわらに珍しくも北町奉行所《きたまちぶぎょうしょ》定廻《じょうまわり》同心《どうしん》寺坂《てらさか》毅《き》一郎《いちろう》の姿があった。久しぶりに道場に顔を見せた毅一郎は師の丈右衛門に稽古を願ったのであろう、そんなことを考えながら、

「先生、神谷先生の武名を聞き知ってきたという道場破りが玄関先に訪ねてきております」

と政次は言った。

「当今、食い詰め浪人が道場破りに走るというが、困った風潮だな」

と丈右衛門が答え、毅一郎が、

「若親分、その顔はどうしなさったえ」

と町方役人らしい伝法《でんぽう》な巻舌《まきじた》で聞いた。

「円流小太刀を使うという女武芸者にございます」

「円流の小太刀、珍しいな。神谷を名指しで来た以上、会わぬわけにもいくまい」

「乳飲み子を背に負ぶっておられます」

「なにっ！　赤ん坊を連れた女道場破りだと、世も末だぜ。若親分、年の頃はいくつだね」

「寺坂様、二十歳を一つふたつ過ぎたあたりかと推測されます」

「驚いた。さぞいかつい体付きであろうな」

毅一郎が丈右衛門に代わり、政次に次々に問うた。乳飲み子を負った女武芸者など聞いたこともなかったからだ。

「寺坂様、それが凛々しい顔立ちにございます」

「政次、なんぞ曰《いわ》くがありそうだ。ともかくお通ししなされ」

と丈右衛門が許した。

政次が玄関先に戻ると小夜は背の赤子をおろし、内玄関の階段の片隅に腰を下ろして乳を与えていた。

目を逸《そ》らした政次は、

「永塚様、先生の許しが得られました。小太郎どのに乳を与え終えられたら道場へお上がり下さい」

と声をかけ、道場に戻った。すると寺坂毅一郎が、

「若親分、女武芸者はどうしたな」

「それがただ今授乳の最中にございました。乳を与え終えたら上がるように言い残してきました」

「こんな話、聞いたこともないぞ」

と寺坂が首を捻《ひね》った。

「寺坂、話を聞いてからでも驚きの続きはよかろう」

稽古を終えた神谷道場の門弟たちも赤子を連れた女武芸者が道場破りに現われたというので興味津々に待ち受けていた。

永塚小夜は乳を与えた小太郎を片手に抱いて道場に姿を見せた。

その様子は道場の雰囲気に恐れをなした風もなく佇《たたず》まいや門弟たちを眺め回して、見所に控えた神谷丈右衛門の許《もと》へとすたすたと歩いていった。赤子を抱いたもう一方の手には風呂敷包みと小太刀を提げていた。

見所から三間《けん》ほどに歩み寄った小夜は立ち止まり、丈右衛門の背後にある神棚に軽く一礼するとその場に端然と座した。風呂敷包みと小太刀を床に置き、赤子をかたわらに寝かせた。乳を与えられたばかりの赤子は満足したか、大きなげっぷの音を響かせた。

「神谷丈右衛門先生にございますな」

見所の丈右衛門に向かい、小夜は聞いた。

「いかにも私が道場主の神谷丈右衛門にござる。門弟から道場破りに来られたと聞いたが、その者の聞き間違いではなかろうか」

「いえ、間違いではございませぬ」

小夜はきっぱりと答えた。

「念のためにお聞き致す。道場破りなれば怪我《けが》をすることも考えられる。間違って死に至ることもある。そのお覚悟がおありか」

「むろんのことにございます」

とこれまたきっぱりとした返答だ。

「神谷先生、ご案じめさるな。永塚小夜、その上で、この世に小太郎を独り残すような仕儀には立ち至りませぬ」

小夜は自信満々に勝ちを宣言した。

丈右衛門はしばし考えた後、

「永塚小夜どの、お相手致す。じゃが、わが道場の習わしに従い、門弟ひとりと対決して頂こう」

「承知仕《つかまつ》りました」

「ならばお仕度をなされ。赤子は奥で預かってもよいが」

「仕度はこの場で出来申す。小太郎は道場の隅をお借り致さばそれでよい」

慣れているのか、恐れを知らぬのか、平然と答えた小夜は道場の中央から壁際に下がった。

「政次、そなたが取り次いだ相手だ。お相手してみぬか」

と丈右衛門が声をかけた。

「はい」

と返事をした政次のかたわらに控えていた毅一郎が、

「若親分、奥州街道筋に女武芸者が出没して町道場を慌てさせていると旅人の噂《うわさ》に聞いたことを思い出した。永塚小夜はその女武芸者かもしれぬ。女だと、赤子連れだと手加減するとえらい目に遭うぜ。気を引き締めてかかれ」

と囁《ささや》いた。

「承知しました」

政次は短い間に気持ちを切り替えていた。

相手がだれであれ、虚心坦懐《きょしんたんかい》に戦うのみだ。

小夜が小太刀を持って再び道場に現われた。

「永塚どの、そなた本身《ほんみ》での勝負をお望みか」

丈右衛門が聞いた。

「赤子連れの旅、木刀など携帯する余裕はございませぬ」

「命をやり取りすることが本心ではあるまい、木刀をお貸ししよう。木刀勝負でどうか」

「構わぬ」

小夜が平然と答え、門弟が壁にかけられた木刀から小太刀の長さに近いものを何本か選んで小夜の許に行った。

この場合、本身であれ木刀であれ、大怪我を負う確率はさほど変わりない。だが、丈右衛門は本身での勝負を避けさせた。

小夜は柄《つか》から切っ先まで二尺三寸ほどの長さの木刀を選び出し、軽く振って、

「これでよい、お借りする」

と答えた。

政次は定寸の木刀を手に道場の端に座して瞑想《めいそう》した。

その耳に丈右衛門の声が響いてきた。

「永塚小夜どの、相手に町人の政次を指名したはそなたを侮《あなど》ってのことではない。政次はわが道場で目録を得た腕前だ。その上、金座裏《きんざうら》の御用聞き、十代目を約束された男、修羅場の経験もあるでな、選んだ」

政次の耳から丈右衛門の声が消えていった。

無念無想の時が流れた。

政次が次に両眼を見開いたとき、小夜の爛々《らんらん》と光を放つ険しい視線とぶつかった。

「お願い致します」

政次は立ち上がり、道場の真ん中へと進んだ。

小夜も同じくすすっと進んできた。

「双方に申す。勝負は一本、それがしが審判致す。よろしいか」

見所から下りた丈右衛門が宣告し、

「お願い致します」

と政次と小夜が同時に答えた。

「いざ」

小夜の声で互いが木刀を構えあった。

政次は木刀の切っ先を身丈五尺二寸余の小夜の眉間《みけん》にぴたりと合わせた。

正眼《せいがん》は相手のいかなる剣技にも対応できる構えだ。

小夜は半身に構えて右手一本で保持した木刀を立てた。

丈右衛門が、
うーむ

と瞠目《どうもく》したほど見事な構えで隙《すき》がなかった。

政次と小夜は互いに一瞬睨《にら》み合った。

その直後、
けえぇっ
という甲高い気合いが小夜の口から洩れて道場に響き渡り、女武芸者が政次に向かって突進した。背を丸めて政次の内懐に入り込もうとする様は、迅速にして剽悍《ひょうかん》だった。

政次は正面から攻撃してきた小夜に木刀の切っ先で動きを牽制《けんせい》した。それは丈右衛門が言うように御用の場で修羅場を潜《くぐ》ってきた者が醸し出す余裕と気迫に満ちていた。

小夜が一瞬、

「おや」

と当てが外れたという顔をした。だが、直《す》ぐに変転して不動の政次の木刀を弾《はじ》き、そのかたわらを俊敏にも駆け抜けつつ、政次の胴に小太刀特有の素早い円運動の攻撃を送り込んだ。

政次はその動きを読んで、足をすうっと踏み替えて小夜の動きに合わせて胴打ちにきた短い木刀を弾いた。

ぱあん
と軽い音を立てた二本の木刀が離れ、小夜が間合いの外に逃れると反転した。

小夜は長身の政次の内懐を突くことが叶《かな》わなかったと分かると直ちに動きを変じた。

間合い一間余で対峙《たいじ》した政次を中心に小夜はその周りを滑らかに回り出した。水が渦を巻くように自然に動きつつ、政次の体勢が綻《ほころ》びを見せたとき、再度の攻撃に移る狙《ねら》いのようだ。

政次は小夜の狙いを知ると自らを円の中心に置き、両の足を踏み替えつつ、小夜の円運動に合わせた。

両者は睨み合いながら二つの円を描いていた。

小夜は政次の周りを回りながら内側へと力を放射し、政次は円の渦の中心から外側へと力を溜《た》めていた。

その二つの動きは互いに牽制し、いつまでも続くように思えた。

小夜は政次のゆったりとした構えに綻びを見出《みいだ》せなかった。そのような相手との対決は初めてだった。

（なんということか）

小夜の額にうっすらと汗が浮かんだ。

二つの円を描く両者だが、小夜の運動量が政次のそれを圧倒していた。なにより相手を倒すという気持ちが空回りして疲れが体内に蓄積されていった。

一方、政次には小夜を叩《たた》き伏せるという気はなかった。

相手の攻撃を避けることに専念しようと気持ちを固めていた。

その差が二人の動きに表われはじめた。

小夜は政次に隙を見出せないまま、

「肉を切らせて骨を断つ」

戦法に切り替えた。

(小太郎、母の戦いをとくと見ておけ)

と心に念じた小夜は円運動を捨て、政次の正眼の木刀の下へと背を丸めて躍り込んだ。

長身の政次の、

(懐に入り込んだ)

と小夜が勝利を確信しつつ木刀を胴打ちに振るったとき、政次の体は掻《か》き消えて、相手の木刀が小夜の肩に落ちて、
ぱしり

と音を立て、次の瞬間には小夜は道場の床に崩れ落ちていた。

小夜はしばし呆然《ぼうぜん》として、床に這《は》いつくばっていた。

「勝負あった！」

丈右衛門の声に我に返った小夜は飛び起きようとしたが、政次がすでに正座していることを認めた。

小夜も正座して声を絞り出した。

「参りました」

小夜は深々と頭を下げた。その瞼《まぶた》が涙に潤《うる》んだ。

「神谷先生、修行し直して参ります」

蹌踉《そうろう》と立ち上がる小夜に、

「待たれよ。奥に赤子と一緒に参られぬか」

と丈右衛門が誘った。

「剣者に同情は禁物《きんもつ》にございます」

余計なお世話だと言い切ると小夜は小太郎と呼んだ赤子の許に戻り、手早く背に負い、風呂敷包みと小太刀を摑《つか》んで、

「御免」

と神棚に一礼すると道場から足早に消えた。

道場に沈黙の時が流れた。

その場にいた全員が赤子を負った女武芸者の人生に勝手な想像を巡らしたせいだ。

ふうっ
と丈右衛門も息を一つ吐き、

「政次、どうであった」

と聞いた。

「寺坂様のご忠告がなければあの胴打ちをまともに喰らっていたかもしれませぬ。それほど踏み込み十分の小太刀の技にございました」

「女武芸者と侮ったら負けたな」

「はい」

政次は素直に返事した。だが、なんともすっきりとしない気分が残った。

道場の帰り、政次はいつも走って赤坂田町から金座裏まで戻った。だが、この日、寺坂毅一郎と一緒に肩を並べて御堀端の道を歩いて戻った。

話題は自然と永塚小夜と小太郎の母子になった。

「若親分、小夜はまたおまえさんの前に姿を見せるぜ。まさか町人に負けるなんて思ってもいなかったらしく内心の憤怒《ふんぬ》を隠した表情は忘れられない。目に焼きついたぜ」

「赤子を抱いて道場破りをしながら暮らしを立ててきたのでしょうか」

「おれたちの知らない事情が隠されていることは確かだねえ。道場破りは金子《きんす》を得るためではなさそうだ」

政次もそう考えていた。

「探し人でもしているのか」

「小太郎様の父親ということではありますまいな」

「そうかもしれないが推測でしかない。奉行所に戻ったら、永塚小夜なる女武芸者の情報があるかないか調べてみる」

毅一郎が政次に約束した。

政次が金座裏に戻ったとき、いつもより一刻《とき》（二時間）は遅い刻限で家の内外の掃除はもとより、朝餉《あさげ》も終わっていた。

政次はまず居間に行き、宗五郎《そうごろう》に帰宅の報告をした。

居間に続いた縁側でしほがおみつに縫い物を習っていた。

「あら、遅かったわね」

しほが運針《うんしん》の手を止めて政次に聞いた。

「道場破りが訪れていつもの刻限より遅れました」

「神谷道場の武名は日に日に上がるからな。無鉄砲な剣術家がいても不思議じゃあるまい」

宗五郎が答え、政次が説明した。

「乳飲み子を抱えた女武芸者だって！　聞いたこともないぞ」

さすがの宗五郎が呆《あき》れた顔をして、おみつも、

「なんだって赤子を抱いて道場破りをするのかねえ」

と嘆息した。

「寺坂様は永塚小夜様の行動の背後には何か秘められた事情がある、と申されておられました」

領《うなず》いた宗五郎が、

「なにはともあれ赤子を悲しませる真似《まね》だけはしてほしくねえがねえ」

と言い添えた。

二

どことなく春めいた陽気が続き、一段と木々の芽吹《めぶ》きも進んでいるように思えた。彼岸のせいもあって町中は寺参りに行く人で賑《にぎ》わいを見せていた。

そんななか、事件が起こった。

両国米沢町《りょうごくよねざわちょう》にある四ツ目屋の隠居の好七《こうしち》が山の手六阿弥陀《ろくあみだ》参りに行き、六番の赤坂一ッ木龍泉寺《りゅうせんじ》で何者かに襲われて殺され、戸板に遺骸《いがい》を乗せられて店に戻ってきたというのだ。

四ツ目屋は秘具・秘薬を売る店として江戸で知られていた。

阿蘭陀《オランダ》渡りの長命丸《ちょうめいがん》は四ツ目屋一番の人気薬で、一包五十六文前後で売られたそうな。いわゆる媚薬《びやく》だが田舎《いなか》から出てきた老婆などが長生きの薬として買い求めて、騒ぎを起こしたりしたという。

長命丸や女悦丸の秘薬で莫大《ばくだい》な財産を築いた四ツ目屋の蔵には山吹色《やまぶきいろ》の万能薬が積まれていると評判だった。

この店、北町の定廻同心寺坂毅一郎の先代以来の出入りとあって、毅一郎は金座裏の宗五郎と政次の二人を伴い、悔やみに行った。

政次はこの手の店に入るのは初めてだ。

「長命丸は日が暮れて買う」

と川柳に詠まれるように日中の客のために店先はわざと暗くしてあった。ちょいと若い人が入るには憚《はばか》られる店であった。

三人が訪ねたのは朝の五つ半（午前九時）過ぎのことだ。さすがに店は閉じられて、大戸が一枚分ほど開けられてあった。

「御免よ」

と一段と暗い店先に寺坂毅一郎ら三人が入ると、

「寺坂様、金座裏の親分もご一緒で」

と番頭《ばんとう》の香蔵《こうぞう》が暗い帳場から声をかけてきた。

「隠居がとんだことになったと聞いた」

「へえっ、昨日の朝方、隠居様は山の手の阿弥陀参りに張り切って出ていかれたのですが、まさかあのような姿でお帰りとは想像もしませんでした」

山の手の阿弥陀参りとは、
一番　四谷御門外了覚寺《りょうがくじ》
二番　四谷大通横町西念寺《さいねんじ》

三番　青山熊野横町高徳寺《こうとくじ》
四番　青山百人町善光寺《ぜんこうじ》
五番　青山通り久保町梅窓院《ばいそういん》
六番　赤坂一ッ木龍泉寺
であった。
「連れはなかったのかえ」
「いえ、町内の隠居仲間二人とうちの小僧の松吉《まつきち》が供を仰《おお》せつかっていきました」
「殺されなさったのは六番の龍泉寺と聞いたが確かか」
「はい。松吉の話では龍泉寺に駕籠《かご》を着けたとき、暮れ六つ（午後六時）はとっくに過ぎていたようです。それでも最後の阿弥陀様というので三人の年寄りが元気に境内に上がり、行基上人《ぎょうきしょうにん》の作と伝えられる阿弥陀様を拝んだ後、うちのご隠居が一足先に本堂を出たそうです。厠《かわや》にでも行かれようとしたのか、寺の横手に回ったらしく仲間のご隠居二人と松吉は本堂前で待っていたそうです。ところがなかなか戻ってこられないので、提灯《ちょうちん》を点《とも》した松吉が探しに行くと寺の横門付近にご隠居が倒れていて大騒ぎになったそうなんで」
「殺されなさったんだな」

「はい。心臓を背から一突き、好七様が騒ぎ声を上げる暇もなかったろうと土地の御用聞きが言ったそうです」

「盗まれたものはあるか」

「はい。ご隠居は年寄りが外でなにがあってもいいようにと寺参りの路銀の他に十両の金子《きんす》を帯の間に挟んでおいででした。路銀の残りが三両ばかりとあわせ、十三両と薬入れの印籠《いんろう》が消えておりましたそうな」

「土地の御用聞きたあ、だれだ」

「赤坂御門外の覚兵衛《かくべえ》親分と聞いてます」

「裏伝馬町《うらてんまちょう》の覚兵衛か」

　毅一郎は承知のようで頷くと、

「ともかく仏様に会わせてくんな」

　と腰の刀を抜いた。

　三人が通されたのは四ッ目屋の奥座敷、好七は立派な仏壇のある仏間に寝かされていた。枕元《まくらもと》には線香がくゆり、八代目の四ッ目屋の主《あるじ》の忠兵衛《ちゅうべえ》と親戚か、さらには草臥《くたび》れた顔の年寄り二人が座っていた。どうやらこの二人が好七と連れ立って六阿弥陀参りに行った仲間のようだ。

「四ッ目屋の旦那、とんだことになってしまったな。悔やみの言葉もない」

毅一郎が忠兵衛に言い、

「まさか阿弥陀参りに行ってこのようなむごい目に遭おうとは考えもしませんでした」

と枕辺でも店先で交わされたと同じような話が繰り返された。

「土地の親分は懐の金目当ての物盗《ものと》りだろうと申されておられました」

「こちらの隠居は別にして寺参りの年寄りがそう懐に金を入れているとも思えないが、いきなり背からぶすりと突き殺すとは乱暴だねえ」

毅一郎はそう言いながら好七の死に顔に合掌《がっしょう》して、

「傷を見せてもらっていいかえ」

と忠兵衛に断った。

「寺坂様方がお調べの間、皆さんには別の座敷に移ってもらいましょう」

忠兵衛が承知して、その場にいた人間が別座敷へと消えた。

宗五郎と政次は好七の体を横にすると真新しい白地の単衣《ひとえ》を脱がし、背の傷を検《あらた》めた。

「金座裏、匕首《あいくち》か出刃《でば》かと思ったが刀傷だぜ」

毅一郎が驚きの声を上げた。

「侍の、それも手練《てだ》れの仕業ですねえ」

宗五郎も答えた。

傷は迷いなく一突き、左背上から心臓へと突き抜けていた。

政次は好七の背丈を目算した。

五尺三寸余か、その背を少し上方から突き下ろして刺していた。

下手人の背丈は好七より高いか、少し高低差のある上方、例えば石段の上から突き通したようだと推測した。

宗五郎と政次が好七の体を元に戻し、丁寧に着物を着せ直した。

「寺坂様、覚兵衛親分は土地の人間が下手人ならとっ捕まえてみせるが、どうやら行きずりの殺し、ちょいと難しいかもしれないと最初から諦《あきら》め顔にございました。お父つぁんの無念、なんとか晴らして貰《もら》えませぬか」

と忠兵衛が長い付き合いの同心に願った。

「旦那、縄張り外だが昔からご恩になっている四ッ目屋の隠居の非業《ひごう》の死だ、このままにはしておかねえ」

と毅一郎が毅然と約定した。

「有り難うございます」

「縄張り外と言ったが隠居の殺された龍泉寺界隈《かいわい》にはおれも、ここにいる金座裏の後継の政次も関わりがある。おれたち、赤坂田町の神谷丈右衛門先生の弟子でな、龍泉寺は道場のいわばご町内だ。金座裏、この一件、おれとおめえが後見して、若親分にやらしてくれねえか」

と宗五郎に頼んだ。

宗五郎が即座に頷いた。

忠兵衛も宗五郎に、

「金座裏の親分、養子を取られたと聞いたが、この若い衆が親分の跡継ぎですか」

「まだ駆け出しだが修羅場の潜り足りない分は寺坂様直々《じきじき》に指揮なされる。旦那、政次に走り回らせます、ちょいと時間を貸して下せえ」

「こちらこそお願い申します」

と忠兵衛が頭を下げた。

好七と一緒に山の手六阿弥陀参りに行ったのは町内の火口《ひぐち》屋の作右衛門《さくえもん》、豆腐屋の国造《くにぞう》、どちらも倅《せがれ》に代を譲っての楽隠居の身分だ。

火口屋とは火口、火打鎌《ひうちがま》、火打石、付木《つけぎ》など火を熾《おこ》す道具を扱う店だ。豆腐屋も火口屋も四ッ目屋に比べれば小商売だ。

寺坂毅一郎と宗五郎が四ッ目屋を辞去した後、一人残った政次は二人の同道者に話を聞いた。

だが、二人の老人は未《いま》だ気が動転していて話があちらに行ったり元に戻ったりした。

「あのさ、龍泉寺の山門下に駕籠を着けたときはもう日が落ちて辺りは薄暗くなりかけていたんだよ。だけど六番を残すのも悔しいからさ、無理して駕籠を乗り付けさせたんだ。本堂でお参りしている間に好七さんの姿が消えた、いやさ、年寄りは厠が近いからね、寺を訪ねるたびにだれかが厠に行っていたからさ、作右衛門さんも私もさ、気になんぞしてなかったんだ。だけど、あまりにも帰りが遅いじゃないか。厠で倒れていないともかぎらないと小僧の松吉に見に行かせたら、この始末だ。その後の騒ぎといったらなかったよ。土地の御用聞きときたら、この私と作右衛門さんを下手人扱いにしやがる。腹が立つったらありませんよ。なんで六阿弥陀参りに行ってよ、こんな目に遭わなきゃあならないかねえ」

「最初から駕籠に乗っての阿弥陀参りですか」

「若親分、信心だぜ。歩いて参るのが筋だがさ、年寄りは無理してもいけねえや。四番の善光寺にお参りしたとき、昼を大きく過ぎていた。一番から三番をのんびりと回ったからね、そんでよ、松吉を走らせ、駕籠を三丁梅窓院に回させといたんだ」

国造が、

「どうだ、知恵を絞ったろう」

という顔で答えた。

使い走りに同道したのは四ッ目屋の小僧の松吉だった。

政次は松吉に会い、しばらく話をした後、主の忠兵衛に断り、松吉を昨日の凶行の場まで同道することにした。

両国米沢町の四ッ目屋から赤坂一ッ木に向かう道中、金座裏に立ち寄った。するとそこには常丸《つねまる》と亮吉《りょうきち》が待機していて、政次に従う手筈《てはず》を宗五郎が整えていた。

道々政次は今まで聞き知ったことを常丸と亮吉の二人に話した。

話を聞き終えた常丸が、

「裏伝馬町の覚兵衛親分を訪ねてもまず力になってはもらえめえ。若親分、気分を害するだけだぜ」

と覚兵衛の人柄を承知している風で言った。

「覚兵衛親分は行きずりの犯行と考えておられるようだ。おそらく探索に熱を入れていまい。こちらはこちらでやろうか」

政次が常丸の考えに賛成した。

「六阿弥陀参りの人間の懐に十三両もの金子が入っていることなど滅多《めった》にねえぜ、若親分。行きずりの侍が狙ったにしてはまたぴたりとあたったものだねえ」

「亮吉、そこだ」

「偶々《たまたま》か、はたまた好七さんの懐が温かいことを承知で狙ったか。はたまた四ツ目屋の隠居と承知していたか」

亮吉が首を捻った。

「松吉さん、おまえさんが駕籠を探してこいと命じられたのは四番の善光寺さんだそうですね。よくまあ、あの界隈で三丁の駕籠が見付かったもんだねえ」

政次が小僧に聞いた。

善光寺のある青山は御朱引地《ごしゆびきち》内とはいえ、江戸の外れだ。辺りには大名家の下屋敷、御家人屋敷、百人組同心の大縄地（組長屋）が多い。内職に精出す物音はしても駕籠を使う住人ではなかった。

「いえ、さんざん歩き回ったんです、でも、駕籠は見付かりません。それにあの辺、よく知らないんです。ふと気付くと善光寺さんの前に戻っていました。ご隠居方はもう次の寺にお参りに行かれた様子でした。途方に暮れていたら、渋谷村《しぶやむら》に客を送った帰りという一丁の空駕籠と出会ったんです。で、事情を話したら、両国米沢町まで行けるかと断られたんです。でも、ここで逃したら大変と必死で事情を話しました。それにご隠居に酒代は弾むといえと言われていたんで、四ッ目屋の隠居さんが乗るんだ、駕籠賃の他に心付けは十分に出すと言ったら、じゃあ、仲間を集めてやると直ぐに二丁を探してきて、梅窓院に向かったんです」

松吉は十四歳とか、どちらかというと無口な小僧だったが話し出すと二人の隠居よりよほどしっかりとしていた。

「すると好七さん方は梅窓院から駕籠に乗ったのだねえ」

「はい」

と答えた松吉が、

「そこでもひと悶着《もんちゃく》ありました。うちの隠居は一分《ぶ》払っても駕籠に乗ると申されたのですが豆腐屋の隠居は、一分は高い。駕籠代を一緒にして一朱だと言われて、駕籠屋が怒って、乗せる乗せないの大騒ぎがございました。それをうちの隠居が豆腐屋さん方の酒代をもつということで話が纏《まとま》ったのです」

と松吉が言った。

「松吉さん、大事なことだ、よく考えて思い出してくれないか」

政次の念押しに松吉が頷いて問いを待った。

「善光寺でおまえさんが空駕籠と出会ったときも、さらに梅窓院でも駕籠屋と言い合ったと言ったね。そのとき、近くにだれぞいなかったか」

「善光寺の門前には私と駕籠屋さんしかいませんでした」

「梅窓院はどうだ」

松吉は歩きながらまた考えに落ちた。そして、政次を見た。

「私たちから離れたところに立つ梅の花を浪人さんが一人見ておいででした」

「離れていたというが、酒手《さかて》をめぐる交渉事を浪人に聞かれたと思うか」

「だって、豆腐屋のご隠居は耳が遠いんです。そのせいか、普段から怒鳴るように話されます。あんときはだいぶ興奮しておられましたからさらに大声でした。話し声は十分に聞こえたと思います」

「よし、松吉さん、豆腐屋の国造さんはどんなことを喋《しゃべ》ったんだねえ」

「まず最初に駕籠屋に青山から両国まで酒手は一朱もあればおんの字だって怒鳴ってました。続いて、うちの隠居に四ッ目屋さんは長命丸でしこたま儲《もう》けた小判が蔵にうずたかく積まれているかもしれないが、豆腐屋の稼ぎはたかが知れている、一丁売って一文の稼ぎだ。いくら疲れたからといって一分も酒手を出して乗れるものかと怒鳴るように仰《おっしゃ》っておられました」

「そのとき、浪人はまだ梅の木の下にいたんだね」

「いました。だって駕籠に乗って通り過ぎるとき、私たちを見送る体《てい》で立っていましたから」

「松吉さんは浪人の顔を見たか」

「通り過ぎるときにちらりとなら」

「年格好は」

「三十くらいかな。無精《ぶしょう》ひげがありましたから剃《そ》ったら二つ三つ若いかもしれません。背丈はこの兄さんくらいです」

　と常丸を指した。

「おれは五尺五寸だぜ」

　常丸の言葉に松吉が頷いた。

「太っても痩《や》せてもいません」

「江戸者か」

「今江戸に住んでいたとしても長くはないと思います。腰に手作りと思える竹筒の煙草《タバコ》入れを差していました」

「刀はどうです」

「塗りの剝《は》げた鞘《さや》でしたがぴたりと刀が腰に納まっていました。あの侍、きっと強いと思います」

と四ッ目屋の小僧がご託宣した。

「よし、その侍がいたという梅窓院をまず訪ねようか」

四人は足を速めた。

長青山宝樹寺梅窓院は浄土宗の寺で京都知恩院《ちおんいん》の末寺だ。

青山家初代の忠成《ただしげ》は関東総奉行、江戸町奉行を歴任した人物で与力二十五騎、同心百人を邸内に居住させて統括していた。それで青山家の敷地が百人町と呼ばれるようになった。

その子、青山幸成《ゆきしげ》の火葬を敷地内で行い、法号をつけた梅窓院が建立《こんりゅう》された。

この梅窓院の本尊阿弥陀如来《あみだにょらい》は木立像で御身丈二尺五寸、聖徳太子《しょうとくたいし》の作と伝えられる。

江戸も時代が上がると千坪もの寺地で宮地芝居が行われ、土地の人に親しまれた。

政次一行がその梅窓院山門前に到着したのは昼過ぎのことだ。

「松吉さん、腹も減ったろうがもう少し我慢しておくれ」

と言った政次が豆腐屋の隠居が駕籠かきと好七に大声で注文をつけた場所と浪人が立っていたという梅の木を聞いた。

「駕籠はここに止まり、国造さんはこちらに向かって大声を張り上げておられました」

松吉が体を向けた先に老梅の木があって光の下に紅梅を咲かせていた。それが浪人の見ていたという梅の木だった。

距離は十五、六間か。

耳の遠い年寄りが怒鳴ればなにも耳をそばだてなくとも話し声は聞こえるだろう。

「若親分、どうやら好七の隠居はその浪人に狙われたな」

常丸が言った。

政次は頷くと老梅の下に歩み寄った。

浪人がいたという痕跡《こんせき》はなにも残っていない、だが、政次もまずその浪人が下手人の可能性が高いと考えた。

「松吉さん、ここからどう龍泉寺まで駕籠が辿《たど》ったか教えてくれませんか」

と小僧に願った。

三

梅窓院前の通りの南西側が青山百人町、東北側は青山五十人町と名を変える。四ッ目屋の小僧松吉は、五十人町を赤坂方面へと政次らを案内していった。

この界隈、通りの右側は御家人屋敷や大縄地が続き、反対側は紀伊中納言家の上屋《かみや》敷《しき》の塀が延々と続いていた。

「この辺りに来ると提灯の明かりだけが頼りでした」

と松吉が言い、道は蛇行して牛啼坂《うしなきざか》に差し掛かった。すると右手に氷川明神の御旅所が現われ、その奥に龍泉寺があった。

浄土宗の信康山常法院龍泉寺はさほど大きな寺ではない。境内の敷地は三百七余坪、寛永元年の建立と伝えられ、阿弥陀様は木立像で身の丈二尺五寸、行基の作と伝えられた。

松吉は道から山門へと続く階段を見上げ、

「駕籠はここに止まってご隠居のお参りを待っていました」

と言うと石段をすたすたと上がった。

ここの石段の両側も梅の木が植えられて馥郁《ふくいく》とした香りを辺りに放《はな》っていた。山門を潜ると正面に本堂が見えて、石畳が真っ直ぐに延びていた。

「うちのご隠居は六阿弥陀参りに前にも来られていますから、どこもよく承知しておられました。それだけに庫裏を訪ねられるのも厠に行くのも一人でさっさと行かれるんです」

松吉の言葉には、

「付き添っていけば」

という後悔の念が籠《こ》められていた。

「私はこの本堂前で隠居様方をお待ちしてました。すると好七様がすたすたと下りて来られて、私に来なくていいという風にひらひらと手を振り、寺の横手に回られたんです。私は庫裏か厠と思い、この場に残りました。火口屋と豆腐屋の隠居が出てこられて、ようやくお参りが終わったよと、この階段に腰を下ろされました。それからだいぶ時が流れました……」

松吉は本堂から横手に回った。すると庫裏の入口が西奥に見えて、砂利を敷いた小道が庫裏とは別に南側へと延びていた。

「これがご隠居の倒れなさった女坂《おんなざか》への道です」

小道は僧侶たちが使う通用門に向かっており、その門を潜ると坂道が一ッ木の道へと下っていた。

「ご隠居が倒れていたのはここです」

松吉はまだ残る血溜《ちだま》りの跡を指した。あたりに家は見えず、本堂からも庫裏からも離れた場所で、斜面に生えた竹林にも塞《ふさ》がれて、少々の声はどこにも届かなかった。

「ご隠居はなにを見て寺の外に出てきたのかねえ」

亮吉が自問するように言い、

「うちのご隠居はなんでも気になるものは自分の目で確かめられました」

と松吉が答えた。

政次は好七が倒れていた地面を調べていたが、

「松吉さん、ご隠居はどっちを向いて倒れていなさったねえ」

と聞いた。

「どっちって、この石段の下に俯《うつぶ》せに両手を抱えるように倒れておられました。頭は坂下に向かっていました」

血溜りを避けた松吉はその格好をして見せた。

通用門外の石段は三段で女坂へと続いていた。

政次はなにかを確かめようとする好七の背に近付いた下手人が石段上から刺し下ろ

したかと何度も頭の中でその光景をなぞった。

下手人は好七の気を引く動きをした後、女坂へと消えると見せかけ、通用門の横手の闇《やみ》に隠れていたのだろうと推測をつけた。

「松吉さん、ご苦労だったねえ。腹も減ったろう。美味《おい》しい饂飩《うどん》をご馳走しますよ」

と小僧を労《ねぎら》った。

政次が松吉を連れていったのは赤坂田町四丁目と五丁目の辻《つじ》に暖簾《のれん》を出す饂飩屋の霞庵《かすみあん》だ。

江戸では蕎麦《そば》屋で饂飩も食べさせたが、霞庵は饂飩を売り物にして、どの種類の饂飩を頼んでも茶碗に菜飯《なめし》と漬物をつけられた。そんなわけで神谷道場の稽古を終えて腹を空《す》かせた門弟たちの間では絶大の人気があった。

政次は道場の仲間と何度か暖簾を潜ったことがあった。

「若親分、おれは江戸っ子だからね、饂飩は苦手なんだ」

と亮吉が店の前で言った。

「江戸っ子だって吐《ぬ》かしやがる。鎌倉河岸《かまくらがし》裏のむじな長屋育ちじゃないか」

「常丸兄さん、鎌倉河岸裏なら公方《くぼう》様の住まいの城近くだ、立派な江戸っ子よ」

と威張る亮吉に政次が、

「亮吉、まあ、食べてみろ」

と店の中に案内した。

「あら、若親分、今日はお仲間が違うわね」

と赤の襷《たすき》をかけた女が言い、政次が、

「金座裏の面々に霞庵の名物を食べさせたいんですよ」

と応じた。

「あいよ」

昼の刻限を過ぎていたせいで誂《あつら》えた品は直ぐに出てきた。

焼卵、蒲鉾《かまぼこ》、しいたけ、慈姑《くわい》に青葱《あおねぎ》をきれいに散らしたしっぽく饂飩に菜飯がなんとも美味しそうに見えた。

「蕎麦食いの亮吉様が宗旨を変えて饂飩を食ってみるか」

と箸《はし》をつけた亮吉がしばし無言でつるつる饂飩を啜《すす》り込み、

「こいつは美味《うめ》えや」

と叫んだ。

「松吉さん、おあがりなさい」

松吉が合掌して箸を手にした。

「だれが大人だか子供だか分からないや」

と言った常丸もしっぽく饂飩を啜って、

「出汁《だし》がなんともいえねえや」

と嘆息した。

四人は遅い昼餉を夢中で食べた。

ふうっ
と満足した亮吉が、

「赤坂は饂飩に限るねえ」

と言い添えた。

「若親分、どうするね」

それには構わず常丸がこれからの行動を聞いた。

「今のところ手がかりが少ない。一度鎌倉河岸に戻り、しほちゃんに松吉の記憶を絵にしてもらおう」

「そうですねえ」

と常丸も賛成し、言った。

「持ちなれない金を持った野郎がどう動くか」

「おれなら内藤新宿まっしぐらだがねえ」

政次は首を捻った。

「どうもな、亮吉、私にはこの男が遊興に走るとは思えないんだよ」

「じゃあ、なんのために四ッ目屋の隠居を殺《あや》めてまで金を盗んだんだ」

「それがいま一つねえ、分からなくて困っているんだ」

政次も思案に余った。

小僧の松吉の話ではまだ若い浪々の武士だという。暮らしに困って殺しに走ったか、なにか入用な金子に窮して偶々《たまたま》耳に入った懐の温かそうな年寄りを狙ったか、それすら決めきれないでいた。

「常丸兄さんはどう思います」

「今度の一件で味を占めて繰り返すという気もしませんねえ。一番困るのは好七のご隠居を殺し、金子を得た後、江戸を離れることだ」

「私もそのことを案じているんです」

と政次も常丸の考えに賛意を示した。

「若親分、兄い、おれの思案じゃあ、まだ江戸にいるな。岡場所《おかばしょ》に出入りしないとなると、しほちゃんの描いた絵を持って通旅籠町《とおりはたごちょう》界隈を虱潰《しらみつぶ》しにあたればよ、きっと見付かる。安宿にひっそりと潜り込んでやがるぜ」

政次は亮吉の意見に頷くと立ち上がった。

松吉が頭の中から記憶を搾《しぼ》り出し、しほが苦労して何枚も描き直した絵が完成し、松吉が、

「お姉ちゃん、これだよ、この侍が梅窓院の梅の木の下にいたんだよ」

と太鼓判を押した。

絵の中の侍は確かに浪々の疲れを漂わし、夢を失いかけた男の悲哀を滲《にじ》ませていた。

政次はしほの描いた絵を見て、徒党を組んで行動する男ではないなと漠然と思った。

「松吉さん、ご隠居が奪われた印籠はどんな意匠《いしょう》なの」

「ご隠居ご自慢の印籠ですか。外は普通の漆塗りです、でも、手代《てだい》さんたちの噂だと印籠の蓋《ふた》を取ると恥ずかしい絵が描いてあるそうです。ご隠居はその印籠に長命丸を詰めて持ち歩いておられました」

しほが困った顔をした。

「恥ずかしい絵って、小僧さん、なんだい。絵師が描くんだ、もうちょいとはっきり言えねえか」

亮吉が聞き、

「馬鹿、秘薬を売り物にした四ッ目屋の隠居の描かせた絵となれば推量もつこうというもんじゃないか、男と女が裸でからむ絵なんぞをしほちゃんに描いてと頼めるか」

と常丸に一蹴《いっしゅう》された。

亮吉たちがしほの描いた絵を持って、木賃宿や公事宿《くじやど》が集まる通旅籠町へと飛んだ。探索を始めたが、なかなか手がかりは得られなかった。

四ッ目屋では好七の初七日も済ませたとか、金座裏に探索の催促が度々入った。

政次がその噂を耳にしたのは神谷道場の井戸端でのことだ。門弟の一人、半年も前に入門した御家人の次男、出雲二郎次《いずもじろうじ》が稽古の汗を拭《ぬぐ》いながら仲間に言ったのだ。

「本郷菊坂町《ほんごうきくざかちょう》の宗沢十右衛門《むねさわじゅうえもん》様が災難に見舞われたというぞ」

一刀流《いっとう》の看板を上げる宗沢道場は江戸でも中位に属する剣道場だ。

「災難とはなんだな」

「道場破りだ。それも最初から金子を見せての賭《か》け勝負となったそうだ」

「そやつはいくら要求したんだ」

「互いに十両ずつを出しての勝負だそうだ。道場破りは尾羽《おは》打ち枯《か》らした浪人者というぞ。背丈も並みで疲れを漂わしていたそうで、とても強そうには見えなかったそうな。そのせいで宗沢道場も油断をしたのかもしれんな」

「どうなった」

「高弟二人を僅差《きんさ》で破ったあと、宗沢様との勝負になった。一撃で肩を砕かれて、道場主は完敗した。もはや肩は元には戻るまいということだ。道場の存続が危ぶまれているそうだ」

政次は出雲に声をかけた。

出雲が神谷道場の異色の門弟を見た。

「政次さん、なにか用事か」

「その道場破りの名や風貌《ふうぼう》はも少し詳しく分かりませぬか」

「御用ですか。この話、また聞きです、金座裏の御用の役に立つかな」

出雲の語調が鈍った。

「なんなら話を確かめてこようか」

という出雲に、

「いえ、それならば結構です」

と断った。

政次はいつも使う御城を右に回る帰り道を変え、赤坂田町から紀伊国坂《きのくにざか》を上がり、四谷《よつや》、市ヶ谷《いちがや》、牛込《うしごめ》、小石川御門を通過して、水戸家の上屋敷を過ぎて北に折れ、屋敷町から町屋に入った。

一刀流宗沢十右衛門道場は菊坂町の三叉路《さんさろ》近くにあった。道場は先代から受け継がれた二代目で、十右衛門は養子だという。

道場の前に駕籠が止まっていた。医師が乗る駕籠のようだ。

二本の柱が立てられた門と接するように玄関があり、狭い式台の向こうが道場と思えた。奥へと続く狭い廊下から慈姑頭の医師と薬箱持ちの助手が出てきた。見送りに来たのは師範のようだ。

政次は門前の駕籠脇で医師を待った。壮年の医師が出てきて、

「才蔵《さいぞう》、次の患家はどこか」と聞いた。

助手がなにかを答えた。

「お医師、ちょいとお尋ねしたい」

政次を振り見た医師は政次が何者か見当がつけられないようで訝《いぶか》しい顔をした。

「私は金座裏の御用聞き、宗五郎のところのものにございます。宗沢先生の容態はい

かがにございますか」

「金座裏の宗五郎親分の手先《てさき》ではないようだな、跡継ぎができたと読売かなにかで読んだが十代目かな」

医師は羽織を着た政次をそう推測した。

「はい。政次と申しまして駆け出しにございます」

「やっぱり若親分か」

と頷いた医師は、

「麴町《こうじまち》の蘭方医　柊《ひいらぎ》周庵《しゅうあん》です、よしなに」

「周庵先生、こちらこそ宜《よろ》しくお付き合いの程を願います」

政次の丁重な挨拶《あいさつ》に気をよくしたか、周庵は、

「宗沢先生の右肩の骨がぐずぐずでな、なんとか命は取りとめようが、その後が厳しいな」

「道場を続けることはできませぬか」

「立ち振る舞いにも支障が出よう」

と言い切った。

「足止めして申し訳ございませんでした、周庵先生」

医師が駕籠に乗り込み、薬箱持ちの助手を従えて宗沢道場から出ていくのを見送った政次は玄関へと向かった。すると周庵を見送って玄関先で政次の行動を見守っていた師範らしい門弟と目が合った。

「そなたはだれか」

待ち受ける門弟が誰何《すいか》した。

「私は金座裏の宗五郎の倅にございます。ご師範にございますな」

「いかにも当道場の門弟の金内三郎兵衛《かねうちさぶろうべえ》だ。金流しの十手持《じっても》ちの親分の身内がなんの用だな」

政次は懐から出した絵を金内に見せた。訝しそうに絵を覗《のぞ》き込んだ金内が、

うっ

と押し殺した呻《うめ》き声を上げ、

「こやつをどうして金座裏が探すか」

と聞いた。

「道場破りはこの浪人ですね」

「よう似ておる。立花流八重樫七郎太《たちばなりゅうやえがししちろうた》と当道場では名乗りおった。こやつがなにをしたのだ」

立花流の創始者・八重樫四郎左衛門は、直心影流の山田一風斎《やまだいっぷうさい》と長沼四郎左衛門《ながぬましろうざえもん》に師事し、素面、素小手の剣法を創始した人物であり、剣と小太刀を得意としていた。

「はっきりとしたわけではございません。六阿弥陀参りの年寄りを突き殺して十三両余りを奪い取った疑いがかけられております」

「間違いない。あのような浪々の者が十両などという金子を持参しておるものか」

「十両勝負と聞きましたが、確かにその浪人は十両を差し出したのでございますか」

「見せたばかりか見所に置きおった。あれは贋金《にせがね》ではない、本物の小判だ、年寄りを殺して奪い取ったな」

と金内は断定した。

「鞘の朱塗りが剝げ落ちた刀でしたか」

「おっ」

「竹筒の煙草入れはいかに」

「下げておった。それとあやつには似つかわしくない印籠も持参していた」

「漆塗りでしたか」

「いかにも漆塗りだ」

金内と政次は顔を見合わせた。

「うちに道場破りに来た男は人殺しに間違いないか」

「どうやらそのようでございますな」

「どおりで血腥《ちなまぐさ》いような気配を漂わしていたわ」

「金内様、この者がどこへ行ったか、ご存じございませぬか」

金内からしばし返事はなかった。

「いかがですか」

「師を打ち砕かれてそのままにしておくわけにはいかぬ。見所から賭金二十両を摑んで疾風《はやて》のように出ていく八重樫を門弟に追わせた。だが、奴は屋敷町伝いに逃げて、尾張《おわり》様の馬場付近で追っ手の門弟たちをまいてどこぞに消えおった」

政次は頷くと辞去の挨拶をした。

四

八重樫某が市ヶ谷片町の尾張家の馬場付近で消えたというので、政次が指揮して金座裏の若い手先たちがその場に近い内藤新宿の旅籠を虱潰しにあたった。だが、宗沢十右衛門の肩を打ち砕いた剣客の姿は見つけられなかった。

二日目の探索を終えた政次らが疲れ切った足取りで金座裏に引き上げると、しほの姿があった。

刻限は暮れ六つ（午後六時）前、豊島屋《としまや》は店を開けている刻限だ。

政次たちはどうにも八重樫の足取りがつかめず、一度宗五郎に相談した上で出直そうと早めに引き上げてきたところだ。

「お帰りなさい」

しほに頷き返した政次らは無言のままに居間に行った。すると宗五郎と寺坂毅一郎が長火鉢に置かれた読売を中にして話し込んでおり、金座裏の番頭格の八百亀《やおかめ》が控えていた。

「その様子だと、あたりがないか」

「内藤新宿と決め付け過ぎたようです。明日から板橋宿に手を広げるかどうか親分の考えを聞こうと戻ってきました」

政次らは板橋が駄目なら千住《せんじゅ》、品川と四宿《ししゅく》すべてをあたる気で話し合って帰ってきたのだ。

「政次、寺坂様としほがな、同じ読売を届けてくれなすった。読んでみねえ」

と長火鉢から読売を取り上げて差し出した。そこには、

「強し、赤子連れの女剣客、賭け勝負の剣術家二組、江戸の剣道場に出没！　各道場

は戦々恐々！」

と見出しにあった。

「この男女は永塚小夜と八重樫七郎太と考えて間違いあるまい。二人は偶々《たまたま》同じことを考えたか、前々から知り合いで話し合ってのことか、江戸の剣道場を荒らし回っているようだぜ。読売によれば小夜にやられた道場が二軒、八重樫が三軒だが、敗れた道場のなかにはひた隠しにしているところもあろう」

「永塚様も道場破りに行った先で金子を要求していますんで」

と政次が聞いた。

「読売には書いてないが寺坂の旦那が二軒の道場に問い合わされた。小夜は勝負を挑み、決着がつくとさっさと引き上げるそうで金や看板をどうしろとは一切言わない。だが、八重樫は相変わらず十両差し出しての勝負を続けている」

糞《くそ》っ！

と亮吉が罵《のの》り声を上げた。

「五軒の道場は府内あちこちに散っている。網の張りようがない」

と宗五郎も頭を抱えた。

「親分、永塚小夜様を捕縛《ほばく》してもなんの罪にも問えますまい」

と政次が言い出した。

「八重樫と違い、人を殺した嫌疑がかかっているわけではない。道場破りは道場側も得心して立ち合っているのだからな。だがな、寺坂の旦那とも話し合ったが小夜と八重樫、どうも因縁がありそうな気がするのだ」

「おれもさ、二人がどこぞで別れる羽目になって別々に江戸を目指し、互いの消息を知るために道場破りをして、江戸に出てきていることを知らせ合っているような気がするんだ。二人して堂々と名乗り、道場破りをしておるしな」

と毅一郎も言った。

「となれば、このように読売に書かれたのです。二人は道場破りや賭け勝負を止《や》めましょうか」

「政次、女は止める気がする。だが、八重樫は未だ江戸で敗北を喫しておらぬ。どこから江戸に現われたか知らぬが、今頃江戸の剣術界は大したことはないと慢心しておるのではないか。となると功名心が段々と高まる、剣術家なんてそんなもんだ。八重樫は続けるな」

毅一郎が言い切った。

おみつとしほが政次たちに茶を淹《い》れて運んできた。

「二人が次にどこに出るか、絞りきれませんね」

と政次が首を捻った。

「八重樫が賭け勝負に挑んだのは、最初が本郷菊坂町の宗沢道場、二番目が上野下谷《したや》広小路の笹塚平兵衛《ささづかへいべえ》道場、三番目が金杉橋際の五木参左衛門《いつきさんざえもん》道場、最後が浅草諏訪《すわ》町の村木忠高《むらきただたか》道場といろいろだ。また、小夜は赤坂田町の神谷先生の後に元飯田町の小《お》野寺嶽堂《のでらたけどう》道場、次に湯島三組町《みくみまち》の赤城一郎太《あかぎいちろうた》道場と御城の南側から北側へと移っていやがる」

「親分も寺坂様も二人がまだ出会ってないとお考えですか」

「江戸は広いからな、それにさ、二人は地理も知らねえ江戸の町を行き当たりばったりに歩き回っている気がするんだ」

毅一郎が答え、宗五郎も頷き、

「一つだけはっきりしていることがある」

と言い出した。

政次たちが親分を見た。

「永塚小夜だがな、再度政次に勝負を挑むような気がする。いや、絶対に姿を見せる」

「赤坂田町の神谷道場に姿を見せますかえ」

亮吉が聞いた。

「いや、神谷丈右衛門道場の手強《てごわ》いことは政次と立ち合って身に染みた。おれは政次の前にふらりと現われるような、そんな予感がするんだ。見てみねえ、小夜は元飯田町、湯島三組町と金座裏のほうへ近付いているとは思えないか」

「なあるほど」

と独楽鼠《こまねずみ》の亮吉が言い、

「親分、わっしらは金座裏で待っていれば小夜が現われる寸法ですね」

「女はな。だが、もう一方は分からない」

と宗五郎が思案投げ首の体だ。

一座に重い沈黙が支配した。

「四ッ目屋さんからは下手人はまだかと毎日矢の催促だ。なんとか方をつけたいのだがな」

宗五郎の嘆息に政次らも身の置き場がない。

しほが遠慮げに、

「皆さん、私は店に戻ります」

と挨拶した。するとおみつがすかさず、

「政次、しほちゃんを送っていきな。それに常丸、おまえさん方も気分を豊島屋で変えてきな。夕餉はそれからでいいだろう」

と段取りをつけた。

「おかみさん、そうだよな。こんな八方塞がりのときはよ、清蔵《せいぞう》さんと無駄話をするに限るもんな」

と独楽鼠が立ち上がった。

「なんだえ、どの顔も不景気だねえ」

清蔵の元気な声が迎えた。

「旦那だけだねえ、張り切っているのは」

亮吉が答えて、いつもの席にぺたりと着いた。

豊島屋は相変わらずの込みようで大勢の客たちが下り酒を飲み、田楽《でんがく》を頬張《ほおば》っていた。

しほが直ぐに奥に入り、酒の用意にかかった。

「若親分、どうしなさった。四ッ目屋の隠居を殺した道場破りはなかなか尻尾《しっぽ》を摑ませんかな」

「旦那の仰るとおり、どうも見当違いを探索してきたのかもしれません」

政次の声はいつもより張りがなかった。

「若旦那、相手は江戸者ではございますまい、それだけに思わぬ道を伝って動いているんですよ。それで鎌倉河岸育ちの若親分やどぶ鼠の探索とずれが生じておるだけのこと、その内さ、嫌でも姿を見せますって」

「旦那、四ッ目屋さんから矢の催促だ。こっちは尻に火が点《つ》いているんだ」

亮吉がぼやくように言った。

「こんなときは一旦頭からそやつらのことを忘れてさ、うちの酒と田楽で気分を直すことだねえ」

「おかみさんもそうしろと勧めてくれたんで、豊島屋に清蔵様の尊顔を拝しに来たのさ」

「皺《しわ》の寄った尊顔の効き目があるかどうか、験《げん》なおしだねえ」

清蔵が言うところへしほと庄太《しょうた》が白地の燗徳利《かんどっくり》に熱燗を運んできた。

「亮吉さん、うちの田楽をさ、食べると頭の血のめぐりがよくなるよ」

「田楽より酒だ、ちぼ」

「亮吉さん、偶《たま》には酒抜きのほうがすっきりすると思うがな」

「酒屋の小僧がなんということを吐《ぬ》かしやがる。商い大事ならば客に酒を勧めるが筋じゃないか」

「亮吉さんが飲もうと飲むまいと、うちの商いには関わりございません」

「なんだかいつも酒を集《たか》っているようじゃないか」

「どぶ鼠、身銭《みぜに》で飲むことがあるのか」

と仕事が終わったか兄弟駕籠の梅吉《うめきち》と繁三《しげぞう》が豊島屋に入ってきて、庄太と亮吉の会話が聞こえたか口をはさんだ。

「こら、お喋りの繁三、金座裏のお兄さんに向かってなんということを吐かしやがる。おれなんぞはいつだって懐に飲み代くらいは放り込んであるんだよ。だがな、清蔵旦那が亮吉、御用を承《うけたまわ》るものがそんな細かいことに気を遣うなと仰るからさ、払わないだけだ」

「おや、独楽鼠、わたしゃ、そんなこと一度も言った覚えはございませんよ。そんなに懐が潤っているというのなら、これまでの付けをさ、そっくりお支払い願いましょうかね」

「旦那、ちょちょっと待ってくんな、おれは繁三の軽口に乗っただけなんだよ。おれの懐具合は旦那が一番承知だろうが、いつもぴいぴい貧乏鳥が鳴いているのをさ」

「今度は泣き言か」

と言った繁三が、

「若親分、どぶ鼠、いいことを教えてやらあ」

と真っ黒な顔に鎮座する鼻を蠢《うごめ》かした。

「竪川《たてかわ》三ツ目之橋南詰の徳右衛門町《とくえもんちよう》によ、戸田流武芸百般指南の生月宇兵衛道実《おいづきうへえみちざね》様があの界隈の御家人相手に道場を開いてなさらあ」

「繁三、生月道場は三代目、深川本所《ほんじよ》界隈では流行《はや》っている道場だよ」

と常丸が応じた。

「常丸兄い、おめえさんが言うとおり三代目の宇兵衛様は人柄もよければ腕もいいって評判の剣術道場だ」

「それがどうした」

亮吉が堪《こら》えきれず催促した。

「慌てるな、どぶ鼠。今日の昼下がり、生月道場に乳飲み子を連れた夫婦者らしい剣士が現われてよ、門弟や生月先生と立ち合いをなされた」

「おい、どうなった」

「亮吉、夫婦者の完勝だ。女は門弟三人を小太刀で退け、男は生月先生と立ち合って肩を打ち据えたそうだぜ」

「清蔵様、しほちゃん、酒と田楽はまたにしよう」

政次が立ち上がった。

政次、常丸、亮吉、波太郎《なみたろう》の四人が龍閑橋《りゅうかんばし》を渡ろうとすると、

「金座裏のご一統、慌ててどこへ行きなさる」

と今しも客を送って帰ってきた体の彦四郎《ひこしろう》の声がかかった。

「彦四郎、竪川まで行けるか」

「若親分、乗りねえな」

四人は橋の途中で踵《きびす》を返し、船宿綱定《つなさだ》の船着場に走った。

河岸に姿を見せた女将《おかみ》のおふじに政次が、

「女将さん、彦四郎の猪牙舟《ちょき》を川向こうまでお借り申します」

と願った。

「若親分、御用かい。ご苦労だね」

と船着場まで下りてきたおふじは襟元から火打ち石を出すと怪我がないように祈り

ながら切火をして猪牙舟を見送ってくれた。

彦四郎の操る猪牙舟は日本橋川から大川に出ると一気に漕《こ》ぎ上がり、竪川へと入った。

三ッ目之橋の南詰の生月道場は騒然とした空気が漂っていた。

「御免なさいよ」

亮吉が玄関先で声をかけると血相を変えた門弟衆が政次らを見た。

「生月先生か、師範と話がしとうございます。私は金座裏の宗五郎の倅、政次と申します」

「なにっ、金座裏だと」

門弟の一人が言い、

「取り込み中でな、無理かもしれぬ」

「へえっ、私どもの御用もこちらの取り込みと関わりがございますので」

「待て、師範をお呼びする」

と奥へ消えた。が、直ぐに戻ってきて、

「先生が話を聞きたいと申されておる」

政次は常丸たちを玄関先に待たせて、案内の門弟に従った。

生月宇兵衛は寝床に胡坐《あぐら》を掻いて座っていた。肩の患部に腫《は》れを引く薬を塗られ、その上を白布でぐるぐるに巻いていたが元気そうだった。

かたわらには道場の高弟数人が控えて生月に談判している様子だった。

「金座裏の倅どのと申すと赤坂田町の神谷丈右衛門先生の門弟ではないか」

「末席を汚しております」

「いつぞや丈右衛門先生が町人でも熱心に稽古を致さば技は上達するものだとそなたのことを誉《ほ》めておられたが、自慢なされるはずじゃな。面構えがよいわ」

「恐れ入ります」

と答えた政次は八重樫某に町人殺しの嫌疑がかかっていることを告げ、

「こちらに参ったのはこの者にございましょうか」

としほが描いた絵を差し出して見せた。

「正《まさ》しくこの者、なんとも不覚であった」

「その模様をお聞かせ下さい」

「赤子を連れた二人の剣客が姿を見せたとき、折り悪くそれがし他用で外出しておった。道場に戻ったとき、なんとも騒がしき雰囲気で、女剣士とうちの門弟が立ち合い、女が三人目を倒したところであった。もはや戸田流生月道場の面子《メンツ》を守るのはそれがしが立ち合うしかないと即座に覚悟した。相手は女から男に代わった。それがし、未熟にもざわついた気持ちのままに立ち合ってしまった、その時点でそれがしが負けていたといえよう。八重樫の剣は鋭く、粘り強い。互いに打ち合った後、引き際に上段から右肩に切り下ろされる木刀を受けた。それがしの攻撃も相手の胴に入ったが中途半端であったな。それがしは負けを認め、約定どおりに十両を差し出した」

生月宇兵衛はさばさばと自らの負けを認め、立ち合いの様子を語った。

「二人は直ぐに道場を出ていきましたか」

「女が赤子を負い、男が荷を提げて出て行きよった。驚くべき夫婦じゃな」

「生月先生、その後の二人の行方、分かりますまいな」

生月がその場に控えた門弟の一人の顔を見た。

「園部《そのべ》、その者たちがどこにおるか金座裏の若親分に申し上げよ」

「先生、われらは仇を討たねばなりませぬ」

「仇とはおれが負けた仇か」

高弟たちは黙り込んだ。

「負けは負け、その恥辱を取り戻すことは叶《かな》わぬ。園部、恥の上塗りをするでない」

「このままで宜しいのですか」

「われらが恥辱を雪《すす》ぐはさらに稽古に励み、研鑽《けんさん》することのみだ。師に愛想をつかしたと申すなれば自由に去れ」

「先生、そのようなことは」

「考えておらぬか。園部、この始末、金座裏の政次若親分に任せよ」

「はっ、はい」

「園部、そなた一人で二人がおる木賃宿まで案内せえ」

と命じた。


夜半、政次らは深川黒江町の木賃宿を囲んでいた。

生月道場の師範園部金五郎《きんごろう》らは八重樫七郎太と永塚小夜が赤子を連れていった先を懸命に探した。師匠の仇を討ったためだ。

此度《こたび》は小夜と赤子を連れていた。

本所から深川へ向かう三人連れを覚えていた人が何人もいて、黒江町の木賃宿に入ったことが突き止められたのだ。

園部たちは門弟を数人見張りに残していた。

「師範、動いてはおりませぬ」

「よし」

と答えた園部がどうするかという顔で政次を見た。

八重樫七郎太を呼び出すことを政次は即断した。しほが描いた絵の端に、

「赤坂一ッ木龍泉寺の一件で話がしたい」

と書き、金座裏の御用聞き、政次と書き添えた。

「亮吉、木賃宿の主を起こし、八重樫に届けさせよ」

「宿で暴れませんかねえ」

「赤子もおれば小夜様もおる。それはあるまい」

頷いた亮吉が木賃宿に向かった。

亮吉が絵を届けた直後、宿がざわついた。だが、直ぐに静まり、四半刻（約三十分）が過ぎた。そして、ついに旅仕度の影ひとつが木賃宿の表に立った。

迎えたのは政次だけだ。

「八重樫七郎太様ですな」

「おぬしが小夜を打ちのめした町人、政次だな」

「私は道場破りに見えた小夜様と尋常の勝負をなしたまで」

「小夜の仇を討つ」

「八重樫様、そなたには龍泉寺の年寄り殺しの疑いがかかってございます。大番屋まで同道してもらえませぬか」

「あの殺し、間違いなくおれが遣《や》ったものだ」

とあっさり八重樫は認めた。

「路用の金子に困ってな、梅窓院の門前に佇んでおると年寄り三人が駕籠代のことで、大声で言い合っておった。それでその一人が懐に大金を持参していることが分かったでな、駕籠を尾《つ》け、次なる寺参りで一行を襲う手筈を考えた。だが、懐の温かそうな老人がまさか一人でそれがしが潜む場所に来ようとは、これを千載一遇《せんざいいちぐう》の好機といわずしてなんと言おう」

「お縄をかけることになります」

「そう簡単にはいくまい。おれはおぬしを斃《たお》して江戸を離れる」

八重樫が剣を抜いた。

政次は背から銀のなえしを引き抜くと斜めに構えた。

「なえしか、珍しい得物《えもの》だな」

八重樫は言うと逆八双《ぎゃくはっそう》に剣を構え、政次の右肩に狙いをつけた。

常丸らと一緒に生月道場の師範園部金五郎は八重樫と政次の対決を堀端の暗がりか

ら固唾《かたず》を呑《の》んで眺めていた。

間合い一間半で睨み合った二人は不動の姿勢を保った。

八重樫は政次が仕掛けるのを待った。

だが、政次は呼吸一つ乱すことなく静かに立っていた。

八重樫は長引けば、己に不利と気付かされた。

（小夜、見ておれ。そなたの仇を討ってみせる）

八重樫はすいっと出た。

逆八双の剣が流れるように政次の右肩に落ちていった。

政次も迎え撃った。

電撃の振り下ろしをなえしが弾き、八重樫が弾かれた剣で二の手を肩に送り込もうとした。

その瞬間、過《あやま》ちに八重樫は気付いた。

すでに長身の政次が内懐に入り込み、翻《ひるがえ》った八角の銀のなえし、一尺七寸が眉間に
「発止！」

と叩き付けられた。

げえぇっ！

絶叫が深川黒江町に響き、くねくねと体を揺らした八重樫七郎太の体が崩れるように倒れ込んだ。

町人にこのようにも剛の者がいるのかと園部金五郎は言葉を失っていた。

重い静寂が辺りを支配し、木賃宿から女の啜り泣きが響いてきた。

第三話　金座裏の赤子

一

永塚小夜《ながつかさよ》と赤子の小太郎《こたろう》の二人を彦四郎《ひこしろう》の猪牙舟《ちょき》に乗せ、政次《せいじ》は金座裏《きんざうら》へと送っていった。

その道中、小夜は政次を一切見ることもなく話そうともしなかった。ただ小太郎を綿入れに包《くる》んで両腕にしっかと抱き、明けゆく大川の水面《みなも》を黙然と見詰めていた。

政次は八重樫七郎太《やえがししちろうた》の後始末に常丸《つねまる》らを深川黒江町《ふかがわくろえちょう》に残していた。

政次と八重樫の勝負はどちらかが斃《たお》れる真剣勝負、政次にも手心を加える余裕などなかった。

眉間《みけん》を銀のなえしで打たれて倒れた八重樫は短い間、体を痙攣《けいれん》させた後、ことり

と息絶えた。

死を確認した政次は常丸らに遺骸《いがい》を近くの番屋に運び、寺坂《てらさか》毅一郎《いちろう》の検視を待つことを命じた。

彦四郎は一石橋《いっこくばし》際に猪牙舟を着け、手早く杭《くい》に舫《もや》い綱《づな》を巻きつけた。

政次が小夜と小太郎の荷を持とうとすると小夜が、

「いらぬ世話をするでない」

と乾いた声音《こわね》で拒んだ。

「若親分、おれが持つよ」

彦四郎が言うと小夜に、

「赤ん坊が腕にいるんだ、無理することもありませんぜ。包みを持たせて下さいな」

と頼んだ。

小夜はなにも答えなかった。

その沈黙を了解したと考えた彦四郎が風呂敷包み二つを船底から取り上げ、

「足元に気をつけて下さいよ」

と朝靄《あさもや》が水面から立ち上る船着場から河岸《かし》道へと導き上げた。

「どこへ連れて行く気だ」

小夜が彦四郎に聞いた。

「金座裏の宗五郎《そうごろう》親分の家だ。そこならばおまえ様の赤子を世話する女衆もたくさんいらあ」

「小太郎を他人に世話させる気はない。それに御用聞きに調べられる謂《いわ》れもない」

「永塚様よ、おまえ様の連れの八重樫様は自ら認めなさったように六阿弥陀《ろくあみだ》参りに行った四ツ目屋の隠居好七《こうしち》様を殺していなさるんだ。永塚様に八重樫様が何者か事情を聞かねばならないのさ。赤子を抱いたおまえ様を番屋なんぞに連れていきたくなかった若親分の気持ちを察してくれねえか。金座裏に行けば赤ん坊もゆっくりと休めるし温かいものもあらあ」

彦四郎の言葉に小夜が小さな声で、

「そのような斟酌《しんしゃく》は無用じゃあ」

と言った。

「ほれ、ここが金座の裏門前に一家を構えていなさる九代目宗五郎親分の家だ。ここの十代目を約束されたのが政次さんだ」

門の内外では泊まり込んだ様子の八百亀《やおかめ》たちが掃き掃除していた。格子戸《こうしど》の嵌《はま》った門から姿を見せた八百亀が、

「若親分、彦四郎、ご苦労様でしたな」

と一瞬にして女剣客を永塚小夜と見抜き、広吉《こうきち》に顎《あご》で命じて奥にこの様子を告げに行かせた。

「永塚様、こっちだ」

と彦四郎が先に立って金座裏の玄関に導き、政次と八百亀が門前に残った。

「八百亀、寺坂様に使いを走らせてくれないか。八重樫七郎太の検視をお願いしたいのだ」

「どこにございますんで」

「深川黒江町の番屋に運んである」

「承知しました」

と答えた八百亀が手先《てさき》の伝次《でんじ》を呼ぶと事情を告げて八丁堀に走らせた。

政次と八百亀が遅れて居間に入ったとき、おみつが永塚小夜の手から小太郎を抱き取ろうとしていた。小夜も直ぐに金座裏の雰囲気を察したか、おみつに素直に従っていた。

小太郎が目を覚まして泣いた。

「おまえさん、うちで赤ん坊の泣き声がするのは何十年ぶりかねえ」

おみつが両腕に抱くと揺すりながら、

「ほれ、泣かなくてもいいよ。おっ母《か》さんにさ、おしめを替えてもらい、乳を飲ませてもらったらな、寝床を敷くからさ、ゆっくり寝るんだよ」

小夜もおみつの貫禄《かんろく》と人柄に圧倒されたか、黙っていた。

しほが次の間に小太郎の床を用意した。

小夜は彦四郎が提げてきた包みを解《ほど》き、おしめを出して替えた。それをおみつが手伝った。

「しほちゃん、赤子のお尻を拭《ふ》くからさ、湯を持ってきてくれないか」

「はい」

女二人が慌ただしく動き、小太郎の世話をした。

「政次、豊島屋《としまや》からおめえたちが深川に走った経緯《いきさつ》はしほに聞かされた。八重樫を見つけたか」

と宗五郎が小声で聞いた。

「はい」

と養父に返事をした政次は深川黒江町の木賃宿での経緯を告げた。

「八重樫は四ツ目屋の隠居殺しを認めたか」

「はい。腕には自信があるのか、平然と自ら認めた後、私どもを蹴散《けち》らして江戸から逃げる心積もりのようでした」

「死んだか」

「はい」

「それで小夜がおめえに口を利《き》かないか」

宗五郎は小夜を見た。

小太郎のおしめを替え終え、しほが運んできた湯で汚れた尻を綺麗《きれい》に拭《ぬぐ》った小夜は居間に背を向けてわが子に乳を与えていた。

おみつは汚れたおしめの始末をしに台所に消えて、しばらく居間には沈黙だけがあった。

しほが桶《おけ》に新たな湯を張り、手拭《てぬぐい》を腕にかけて縁側に置いた。小夜に使わせるものだった。

おむつを替えられ、乳をたっぷりと与えられた小太郎は眠りに就いたようだ。寝床に横にされると直《す》ぐに寝息が聞こえてきた。

「永塚様、手をお洗い下さい」

としほが小夜に言いかけた。

「造作をかける」

と答えた小夜は居間を横切り、縁側に置かれた桶の湯に両手をつけて、しばらくじっとしていた。それは気持ちを落ち着ける動作のようにも見えた。

「おまえさん、腹も空《す》いておられましょう。こっちに朝餉《あさげ》の膳を運ぶかねえ」

とおみつが聞いた。

「それがいいや」

宗五郎が答え、小夜が桶から両手を上げると手拭で丁寧に拭いた。そして、居間に戻ってきた。

「調べがあるなれば早々に致せ」

「永塚様、調べなんぞはございませんや。ただねえ、人ひとりがおまえ様の連れ合いに殺されたんだ。その経緯を承知なればとお尋ねしたいだけだ」

小夜は答えるでも頷《うなず》くでもなく黙していた。

「おまえ様と八重樫様が別々に江戸に入られたことは、わっしらも薄々と察しておりますよ」

と言いながら宗五郎は長火鉢の鉄瓶の湯で茶を淹《い》れた。それを政次が受け取り、小夜の前に差し出した。

「まあ、茶でも飲まれて気を落ち着けて下さいな。喋《しゃべ》りたくなければそう申されるがいい。おまえ様がその気になったときまで聞くのを止《や》めましょう」

若い永塚小夜は連れの八重樫七郎太の死に政次への憎しみを募らせていた。なにしろ小夜が江戸に到着して初めて敗北した相手だった。その若者が今度は八重樫と勝負をして、なえしの一撃で打ち殺していた。

尋常の勝負であったことは小夜も木賃宿の戸の隙間《すきま》から戦いを凝視していて承知していた。互いが手心を加える余裕などない、ぎりぎりの戦いであったことも剣者の小夜には分かっていた。

それでも政次の行動を素直に受け入れられない小夜だった。だが、金座裏に連れてこられて女衆に小太郎の世話をされ、宗五郎にそうまで言われると小夜の心は千々《ちぢ》に乱れた。

小夜は、

「頂戴《ちょうだい》致す」

とだれに言うともなく言葉を発すると茶を喫した。

宗五郎も政次も何も言わない。

息苦しくなったのは小夜だった。

「まさか八重樫七郎太様が人殺しをしてようとは考えもしなかった」

と洩《も》らした。

「小夜様、小太郎様の父親《てておや》は八重樫様ですね」

宗五郎の問いに小夜が首を曖昧《あいまい》に振った。

「どうなんでございますな」

小夜は逡巡《しゅんじゅん》の後、迷いを振り切って話し出した。

「それがしは陸奥《むつ》仙台城下で町道場を開く家に生まれ申した。父は伊達《だて》様の家臣を多く門弟に持ち、円《えん》流の剣術を指南して暮らしを立ててきた。父は厳しい指南と人柄で道場を城下一に育てあげたのだ」

宗五郎も政次も小夜の話を素直に受け止めた。

「小夜の上に兄がおったそうだが、三つのときに流行《はや》り病で亡くなり、その後、男子には恵まれなかった。小夜の下には二人の妹がおる。父は男の子がいないせいか、長女の私を門弟衆よりも厳しく育てた、まるで男の子のようにな。物心ついたときから小夜は木刀を持たされて道場を走り回り、剣術を教え込まれた。父は小夜を男に伍しても負けぬ剣者に育てたかったようだ。だが、男女の力の差はいかんともし難い。長じても小夜は男のように体は大きくならなかった。父は非力な小夜に小太刀《こだち》を習得させようと考えを変えられた」

「どうりでねえ、おまえさんの小太刀はなかなかのもののようだねえ」

小夜が宗五郎を睨《にら》むように見た。

「わっしは世辞の類《たぐい》が嫌いでねえ、それに長年の御用聞き稼業だ。一目見て腕前がどのくらいかは見当もつきまさあ」

小夜は政次をちらりと見た。

「政次に負けたそうだが、気持ちの余裕の差だ。気になさることじゃねえや」

小夜の問わず語りを聞いたおみつが一旦運んできた膳を台所に下げた。喋る気になったのなら、最後まで喋らせたほうがいいと長年の御用聞きの女房の勘でそう思ったのだ。

「武者修行の武芸者、西国浪人の八重樫七郎太様と秋田《あきた》数馬《かずま》様の二人がふらりと仙台城下に現われたのは一年も前のことだ。どこが気に入ったか、わが道場に稽古《けいこ》に通うようになり、ついには住み込み門弟になった」

小夜はここで息を吐いた。

「なぜ住み込み門弟と情けを交わすようになったか、小夜は分からぬ。あまり父が厳しく指導されるのを見て、その者が小夜に同情したのであろうか、優しい言葉をかけるようになり、小夜はそれを心からの言葉と誤解いたした。小夜の腹が大きくなりだす前に父が気付かれた。おのれ、ふしだらな、と折檻《せっかん》された小夜は蔵に閉じ込められ、相手はだれかと厳しい詰問を受けた。あまりの激しい怒りに恐れをなして道場に通うのを避ける門弟も現われた。父はその一人ひとりの名を挙げて、あれが父親か、これが小夜の腹を脹《ふく》らました相手かと責められた。そんな折、八重樫七郎太様が自ら父に名乗ったのだ」

「やはり八重樫様が赤子の父親でしたか」

「父は八重樫様を道場に引き出し、木刀勝負を挑まれた。八重樫様はなかなかの腕前でしたが父には敵《かな》いませぬ、いえ、八重樫様は最初から父と真っ向から勝負をする気はなかったのかもしれませぬ。さんざん打ちのめされた八重樫様は小夜が幽閉された蔵に放《ほう》り込まれました。三日三晩八重樫様は痛みに呻吟《しんぎん》なされておられました。小夜はなぜ父親と名乗られたのですか、と問い質《ただ》しました。すると八重樫様はただ笑って答えられませんでした。蔵の中に秋田数馬様が道場から出ていったという話が伝えられた日、八重樫様は秋田数馬め、許せぬと静かに吐き捨てられました。八重樫様は小夜の腹の子の父親が秋田数馬様と察していたのです。その夜、八重樫様は小夜に蔵を出て、秋田数馬を探し出し、責任を取らせると申されました。もはや小夜には秋田様への未練はございませんでした。それで八重樫様にもし秋田様に会《お》うたなら、討ち果たしてほしいと願ったのです」

「なんと小太郎様の父親は八重樫様の友の秋田数馬様でしたか」

「八重樫様は秋田を討ち果たした後に江戸に出ると申されました。そして、小夜どのさえよければお子と江戸に出てこられぬかと誘われたのです」

「…………」

「その夜、八重樫様は蔵を抜けられ、仙台から姿を消されました。父は追っ手を差し向ける一方、小夜を責められ、どこに行ったと激しく折檻なされました」

「なんとねえ」

「腹の子にはなんの罪咎《つみとが》はございません、小夜は無事に産もうと心に固く誓っておりましたから、どんなことにも我慢して仙台に留《とど》まりました……。お腹《なか》が大きくなるにつれ、父の勘気も幾分緩んだようで、蔵から出されて前の暮らしに戻されました。小夜が仙台の家を出たのは小太郎を産んで半年を過ぎた秋口のことです。小夜はもはや父の下で暮らすことはできませんでした、行く先はどことといってありませぬ。そんなとき、八重樫七郎太様が言い残された江戸に出ぬかという誘いの言葉が思い出されたのです」

「赤子を抱いての道中だ、苦労なされたでございましょうな」

「金子《きんす》とて十分ではない旅だ。小夜にあるのはただ小太刀の技量、道場破りをしながらなんとしても江戸に辿《たど》りつこうと必死であった」

「いつ江戸に入られたので」

「二十日も前か」

「苦労なされましたな」

と再び労《ねぎら》った宗五郎が、

「八重樫様とは江戸のどこで落ち合うとか約束はなされなかったので」

「そのような約定《やくじょう》はなかった。ただ、江戸に行けば八重樫様と会えると思うた」

と小夜が嘆息した。

「じゃが、江戸は広い、広過ぎた。どこをどう探せばよいか見当もつかなかった。そこで思い付いたのが道中で習い覚えた道場破りだ。だが、此度《こたび》は生計《たつき》を得るためではない、八重樫様に乳飲み子を抱えた道場破りの噂《うわさ》が立って、小夜と小太郎が江戸に来ておるということが分かればよかったのだ」

「それで赤坂田町《あかさかたまち》の神谷丈右衛門《かみやじょうえもん》様の道場を訪ねられたので」

小夜が苦々しい表情で頷いた。

「いきなり相手が政次でしたか」

「負けた、完敗であった。町人に後れをとるなど小夜には考えもできぬことであった。だが、八重樫様と再会を果たすには道場破りを続ける必要があった」

「八重樫様も江戸に出ておられたのですね」

「小夜の道場破りを知られたか、八重樫様も十両を賭《か》けての勝負を始められた。その噂は直ぐに小夜の耳にも届いた。江戸におられる、いつかは会えるという希望が小夜と小太郎に生まれた。だが、まさか、八重樫様が賭け勝負の金子を得るために年寄りを殺《あや》めて盗んでいたとは……」

「本所竪川《ほんじょたてかわ》三ッ目之橋際、生月《おいづき》道場に姿を見せられたとき、すでに小夜様は八重樫様とご一緒でしたな」

小夜が頷いた。

「その二日前、小夜は行き暮れて両国橋の中ほどに佇《たたず》んでおった。そこへ偶然にも八重樫七郎太様が通りかかられたのだ。神仏の思《おぼ》し召《め》しといわずしてなんと言えばよい、われらは再会を喜んだ、そして、その夜、江戸でささやかな暮らしを立てようと話し合った」

「八重樫様が四ッ目屋の隠居殺しをしたと知られたのはいつのことなんで」

「昨夜、この者が木賃宿に八重樫様の絵に添えた手紙を届けた後のことだ」

小夜がちらりと政次を見て、

「小夜を探し出したい一心であろうが年寄りを殺めるなど日頃の八重樫様には考えられぬ行動であった」

と嘆いた。

「八重樫様は政次が絵を届けた後に、小夜様に四ツ目屋の隠居殺しを告白したんですね」

「いかにも」

「それでなんと申されました」

「なんとしても小夜と小太郎と一緒に暮らしを立てたい。しばしほとぼりが冷める時を貸してくれと申されました」

「小夜様は八重樫様を待ち受ける相手が政次と承知でございましたか」

「絵に添え書きしてあったでな、分かっておった」

「そのことを八重樫様に申されたのですね」

頷いた小夜が、

「小夜を打ち負かした相手であればなおさらのこと、相手を斬《き》り殺してこの場を逃げると言い残して出ていかれました」

「小夜様と八重樫様の幸せを打ち壊したのは政次だと思われますかえ」

宗五郎がその場にある若い二人双方に向かって、酷薄な問いをなした。

小夜の顔が苦しげに歪《ゆが》んだ。だが、決然と答えていた。

「武芸者なれば尋常の勝負で相手の命を絶つのも致し方なきこと、だが、なんの罪もなき六阿弥陀参りの年寄りを殺めるなど鬼畜の所業である、われらの不幸はすべてこの一事を八重樫様が犯したことだ。政次と申される倅《せがれ》どのには恨みはない」

「よう申されました」

と宗五郎が言った。

「小夜様、これからどうなされますな」

「先ほどは動転しておった。罪を犯したものであれ、八重樫七郎太様の供養がしたい」

「本日、奉行所の検視がございます。亡骸《なきがら》の下げ渡しはその後になろうかと思います」

と説明した宗五郎が、

「永塚様、江戸に出てこられたばかり、知り合いの寺とてございますまいな」

と聞いた。

「ない」

「ならばわっしが手配致しますが、お望みがございますか」

しばし瞑想《めいそう》した小夜が、

「八重樫様は江戸に出て参られた折から深川と申す土地に暮らしてこられたとか。薄い縁だが、馴染《なじ》みの土地に埋葬したいのじゃが」

「木賃宿のあった深川黒江町界隈《かいわい》でようございますか」

「知り合いの寺があるか」

「ないこともございません」

「なれば願おう」

と小夜が言った。

「ところで小夜様はどうなされますな」

宗五郎の問いに呆然《ぼうぜん》とした小夜が、

「江戸に出たのは八重樫様が頼りであった。だが、もはやおられぬ。仙台に帰れる筈《はず》もない。どうしたものか」

ようやくわが身の置かれた境遇に思い至った小夜が茫然《ぼうぜん》自失した。

「永塚様、まずは朝餉だ。それから、小太郎様とひと寝入りしなせえ。おまえ様の身の振り方はその後にゆっくりと考えましょうかな」

と宗五郎が手を叩《たた》いた。それを待っていたおみつとしほが台所から膳を改めて運んできた。

二

朝餉の後、宗五郎と政次は彦四郎の猪牙舟で大川を渡り、深川黒江町に向かった。若い二人には昨夜来三度目の大川渡りだ。

黒江町の番屋は堀に架かる八幡橋際にあった。そこにはまだ北町《きたまち》定廻《じようまわり》同心《どうしん》寺坂毅一郎と常丸、亮吉《りようきち》らの姿があった。

「ご苦労様にございます」

「奉行所に戻る前に金座裏に立ち寄ろうと考えていたところだ」

番屋の土間には筵《むしろ》の上に八重樫七郎太の亡骸があった。

「永塚小夜と申す女剣客はなんぞ話したか」

「へえっ、およそのところは」

と前置きして小夜が話した八重樫との関わりや江戸での再会を報告した。

「この者、まんざらの悪党でもなかったか。梅窓院《ばいそういん》で年寄り三人の、酒手《さかて》をめぐる諍《いさか》いを聞かなきゃあ、四ッ目屋の隠居を突き殺すこともなかったようだな」

「因果にも豆腐屋の隠居の大声が殺人を呼んだようです」

「秋田数馬の代わりに小太郎の父親を名乗り、小夜の父親にこっぴどい仕打ちを受けてもじっと我慢できたのにな、なぜそのときそのような凶行に走ったか」

毅一郎が首を捻《ひね》り、

「友の代役を名乗り出たというのは八重樫も小夜に想《おも》いを寄せていたからであろうな。小夜に会いたいという気持ちが一瞬狂わせたか」

「寺坂様、小夜の望みにございます。八重樫を埋葬するのは少しでも縁があった深川の地にしてくれないかとね」

「金座裏、どこか心当たりはあるか」

「一番近い寺は因速寺《いんそくじ》だが知り合いはございません。小さいが西念寺《さいねんじ》なら先代の時に和尚《おしょう》の穎源《えいげん》師とはつながりがございます。頼んでみようかと考えてきました」

毅一郎が頷いた。

「四ッ目屋の隠居の腰から八重樫が奪った印籠《いんろう》だがな、どうやって描いたものか蓋《ふた》の裏から内側までびっしりと枕絵《まくらえ》が描きこまれている。絵師は淫乱斎《いんらんさい》こと英泉《えいせん》のようだ。こいつが奉行所に渡れば四ッ目屋はお叱《しか》りの一つもうけようぜ。金座裏から四ッ目屋に返しておきねえ」

と宗五郎に差し出した。

大概の同心なら四ッ目屋に持ち込み、切餅《きりもち》の一つもせしめるところだ。

長年出入りの四ッ目屋からそのような手で金子を得ようなどとは微塵《みじん》も寺坂毅一郎は考えていなかった。それにしても毅一郎が四ッ目屋に返したところでなんの差し障りもない話だと宗五郎は訝《いぶか》しく思った。

「旦那は長年の出入りだ、どうして旦那の手からお返しにならないんで」

「中を調べたがな、媚薬《びやく》の長命丸だけではねえ、ちょいと変わった鍵《かぎ》が一つ入っていた。隠居が始終身に着けていたんだ、曰《いわ》くがありそうだ。こいつは宗五郎、おまえが見付けたことにしたほうがいい」

どうやら鍵の一件を調べてみよと遠回しに毅一郎は命じていると宗五郎は感じ取った。それでも念を押した。

「八重樫の持ち物ということはございませんか」

「造りが諸国を回遊する貧乏侍のもんじゃねえや」

毅一郎の返答は明白だった。

「そのほか身寄りが分かるものはございましたか」

「小夜には西国の出と洩らしたというが、身許《みもと》が分かるものは一切なにも持っておらぬ。道場破りで得た金子だが、八重樫の懐には五両ほどしか残っていなかった。おれが推測するに小夜に渡したのではないか」

「大いにそんなところかもしれません」

　と答えた宗五郎は、

「印籠、お預かりします」

　と預かり、懐に入れた。

「こいつは宗五郎、おまえ一人で動きねえな」

　珍しく注文をつけた毅一郎に宗五郎は黙って頷いた。

「奉行所に戻られるのならば彦四郎の猪牙舟をお使いなせえ」

「金座裏はいいのか」

「用件が用件だ、西念寺にしばらくいることになりそうです」

「ならば彦四郎の猪牙舟を借りよう」

　毅一郎と小者《こもの》が番屋を去り、宗五郎らは戸板を借り受けて八重樫の亡骸を乗せた。

　その戸板の四隅を政次、常丸、亮吉、それに宗五郎自ら持って西念寺へと運び込むことにした。

昼前の刻限だ。

深川一帯にぽかぽかとした日射しが落ちていた。

亮吉は歩きながら居眠りして、戸板を持つ手を思わず滑らせた。

「独楽鼠《こまねずみ》、一晩の徹夜くらいで居眠りしてどうする」

「親分、この陽気だ。ついつい瞼《まぶた》が下がらあ」

山門を潜《くぐ》ったとき、西念寺の和尚自ら参道脇の伸び放題の樹木の枝を払っていた。

「おや、宗五郎親分、珍しいねえ」

「無沙汰《ぶさた》した挙句、用事のときだけ面《つら》出すようで具合が悪いが仏を担ぎ込んできた、和尚さん」

「寺なんぞに用がないほうがなんぼかいいよ」

と応じた穎源が、

「曰くがありそうな仏じゃな」

と筵を掛けられた八重樫の亡骸に目をやった。

宗五郎は簡単に経緯を告げた。

「身寄りもなしか」

「西国浪人というだけで江戸には知り合いもおりますまい。ただひとり八重樫を追ってきた永塚小夜という女剣客が縁のある人間です。小夜は今、うちで赤子と一緒に眠っていまさあ」

「永塚小夜ぬきで弔《とむら》いもできまい。といってこの陽気だ、亡骸を寺に預かるのもなんだ。金座裏の若い衆に墓穴を掘らせ、ともかく埋葬しようか。弔いは明日ではどうだ」

亮吉が、
ひえっ
と悲鳴を上げた。

「御用聞きの手先だ、なんでも経験です。墓掘りなんぞ滅多にできぬぞ、若い衆」

と頴源に言われ、

「徹夜の果てに墓掘りか、ついてねえ」

と亮吉はぼやいた。

「和尚さん、穴を掘ってよ、このまま投げ込むのか」

「馬鹿を言いなされ。人を殺めた人間でも死ねば仏様、湯灌《ゆかん》をして帷子《かたびら》に着替えさせ、桶の一つにも入れて埋葬するのが仏の道じゃあ、若い衆」

「それをだれがやるんだい」

「事情が事情の仏のようだ、弔い屋を雇う銭金は持ち合わせていまい。おまえさん方だな」

「隠坊《おんぼう》の真似《まね》までさせられるか」

「亮吉、諦《あきら》めよ」

　と政次が羽織を脱いだ。

「おや、こっちは物分かりがいいね」

　と穎源が政次を見上げ、宗五郎が、

「和尚、紹介が遅れたが、金座裏の十代目になる政次だ」

「だれぞに聞いたよ。金座裏は養子を迎えたとねえ。こっちの手先とだいぶ氏素性が違うようだ」

「ちえっ、若親分とおれは同じ鎌倉河岸《かまくらがし》裏のむじな長屋の生まれだぜ」

「となると育ちか」

「ああいえばこういう和尚様だ。早いとこ取り掛かろうぜ。和尚、まずなにをすればいい」

「仏を湯灌場に運んでくれ」

　江戸期、地主、家持ちでない限り、住まいで死者を清めて棺に納めることは禁じられていた。そこで寺の一角には湯灌場が設けられていた。

　宗五郎たちは八重樫を西念寺の湯灌場に運び、宗五郎が潁源に、

「和尚、棺桶屋に小僧さんを走らせてくれまいか」

　と頼んだ。弔い代に一両を差し出した。

「金座裏、御用聞きとは損な商売だな。身寄りのない仏の弔いも自腹か」

　と苦笑いしながら受け取り、小僧を呼んで用事を言い付けた。

「親分、あとはわっしらでやりまさあ」

　と常丸が宗五郎を死者の後始末の場から手を引かせようとした。

「残ろうと思ったがいいのか、常丸」

「親分には寺坂様の御用があろう。この場はわっしらに任せなせえ」

「いきがかりだ、これも修行と思って弔いねえ。あの世に行ったとき、閻魔《えんま》様に言い訳できるぜ、亮吉」

「あいよ」

　と答えた亮吉が井戸の釣瓶《つるべ》に手をかけた。

　宗五郎は深川蛤《はまぐり》町の外記殿橋で猪牙舟を拾い、神田川の柳橋まで行くように命じ

た。

「金座裏の親分さんだねえ、深川に御用だったかえ」

初老の船頭は宗五郎の顔を見知っているのか、声をかけた。

「西念寺に仏を送り込んできたところだ」

「こんな稼業だ、いつ土左衛門《どざえもん》を拾わねえとも限らねえ。いつも舟にお清めの塩を積んでいらあ」

と足元の木箱から塩壺を出した船頭が宗五郎にぱらぱらと塩をかけて清めてくれた。

「ありがとうよ、父つぁん」

塩壺を仕舞った船頭が櫓《ろ》を握り、年季の入った腰付きで舟を漕ぎ出した。

宗五郎は寺坂毅一郎から預かった印籠を出すと蓋を開いた。

「こいつは」

細密な枕絵百態が印籠の内部に色彩鮮やかにちりばめて描かれていた。

金に糸目を付けずに注文した品らしく、金、銀、膠《にかわ》、青貝、雲母《うんも》の粉と贅沢《ぜいたく》な絵の具と材料で仕上げられ、小さな印籠の内部空間をなんとも凝った構図で執念の枕絵世界が所狭しと描写されていた。

「四ッ目屋の隠居め、えれえ品を腰に下げていたものよ」

その印籠に入っていたのは四ッ目屋の人気の媚薬長命丸が包まれた三角紙だった。

そして、寺坂毅一郎が、

「曰くがありそうだ」

と言ったのはご禁制のきりしたんばてれんのくるす飾りの柄がついた天眼鏡《てんがんきょう》だった。天眼鏡は縁が金製、れんずは径一寸ほどだが南蛮製と見えて細密画の枕絵がはっきりと見えた。

天眼鏡には小さな鍵も付いていた。長さは一寸ほどで、鍵の頭にまりあ様らしき女人像が飾られてあった。

毅一郎が宗五郎に預けたわけだ。

徳川幕府はきりしたん信仰を殊《こと》のほか厳しく禁じてきた。きりしたんに帰依するばかりか信仰の道具を持っているだけで当人のみならず家族眷属《けんぞく》にも過酷な処断が下された。

もしこの天眼鏡と鍵が表沙汰になれば四ッ目屋は即刻家族奉公人全員が捕縛され、商いは停止《ちょうじ》に追い込まれるだろう。厳しい吟味の後に下される沙汰は血に塗《まみ》れたものになること請け合いだった。

町方同心の寺坂毅一郎は幕臣であった。

印籠の枕絵もさることながら、くるす飾りの天眼鏡とまりあ像の鍵を入手した以上、真っ先に上司に報告する義務を負わされていた。

その瞬間、四ッ目屋の運命は決まった。だから、毅一郎は印籠を知らない振りで通し、宗五郎に始末させようとしたのだ。

宗五郎は天眼鏡を取り上げ、改めて印籠の細密枕絵を眺めた。すると気になってい た印籠の底に描かれた男女の交合の姿態が浮かんだ。なんと南蛮の尼さんと坊主が絡み合う構図で女のはだけた胸にはくるすがかけられていた。

再び印籠を懐に仕舞うと思案に暮れた。

「親分、柳橋だぜ」

「おっ、うっかりしていた」

宗五郎は舟代のほかにお清め料を一朱払った。

「しっかり稼ぎねえな」

「親分、物事はなんでも考えすぎねえこった。病は気の迷いだ、病気にでもなっちゃあつまらねえ」

「おまえさんの言うとおりだ」

船着場を上がると通りの先に両国西広小路の賑《にぎ》わいが飛び込んできた。

四ッ目屋は両国西広小路の裏手、米沢町二丁目に店を構えていた。

「御免よ」

とわざと薄暗くした店先に入ると番頭《ばんとう》が、

「金座裏の親分さん、隠居を殺めた浪人者を捕まえなすったか」

と大声で聞いた。

番頭の香蔵《こうぞう》は金座裏にまだかまだかと何度も催促に来ていた。

「捕まえたかと聞かれれば答えのしようがないな」

「金座裏ともあろう親分がそんなことでどうなさる。隠居が殺され、明日は早初七日ですよ。霊前にどう報告すればいいんですねえ」

「番頭さん、ならばこう言ってくんな。ご隠居好七様、お縄にできずに申し訳ない。八重樫七郎太はご隠居のいるあの世に参りますから、恨《うら》み辛《つら》みは直に当人に述べてくんなとね」

「なにっ、下手人は亡くなったか」

「うちの政次と渡り合い、政次のなえしに額を割られて死んだよ」

「若親分が、隠居の仇を討ってくれましたか」

と香蔵は言葉を詰まらせた。

「香蔵さん、旦那がおられたら会いたい」

「へえっ、旦那は奥におられますよ」

番頭に案内されて宗五郎は奥に通った。

四ッ目屋の八代目忠兵衛《ちゅうべえ》は梅が咲き誇る庭に面した座敷で仕入れたらしい品を調べていた。

「親分、これはこれは……」

忠兵衛が慌てた。

桐の木箱に入れられていたのは男根の造り物だった。そのかたわらには箱に入れる引き札が広げられていた。

「女小間物細工所　鼈甲《べっこう》水牛蘭法妙薬　江戸両国薬研堀《やげんぼり》四ッ目屋忠兵衛　諸国御文通ニテ御注文之節ハ箱入封印ニ致シ差上可申候《もうすべくそうろう》」

四ッ目屋ではものがものだけにあれこれと工夫を凝らして商いをしていた。この手法は現代でいう通信販売である、薬ではなく小間物として広く諸国に販売していたのだ。

好き者はいつの時代にもいた。

「旦那様、ご隠居の仇を金座裏の若親分が討って下さったそうですよ」

「おおっ、吉報です」

と喜ぶ忠兵衛に宗五郎は懐から印籠を出して、

「こいつは隠居の持ち物ですね」

と聞いた。

「印籠も取り戻してくれましたか」

「旦那と二人でねえ、話がしたいんだ。番頭さん、すまないが座を外してくれませんかえ」

宗五郎の言葉に香蔵が不満そうな顔で座敷を出ていった。

「金座裏の、親父《おやじ》の印籠には危絵《あぶなえ》が描いてあったそうですね」

「承知ですかえ」

「承知していました。だが、家族も奉公人もだれ一人として見た者はありません」

「奉行所に知れれば四ツ目屋さん、商いに差し支《つか》えますすよ」

忠兵衛の顔色が変わった。

「いつどこで親父が手に入れたか存じませんが、そんなにも奉行所に目をつけられるほどのものですか」

宗五郎は印籠を開けて天眼鏡を取り出して印籠とともに差し出した。

「ご覧なせえ」

忠兵衛が天眼鏡を取り、印籠を手にして細密画の枕絵を見た。

「これは……」

絶句した。

忠兵衛の顔にある驚きには禁制の枕絵のなかでも最上等のものに接した感動があった。

「二代目英泉ですな」

と言いながら天眼鏡を持ち替えた忠兵衛の顔色がさっと変わった。

「こ、これはくるす飾りの天眼鏡か」

「いかにもさようです。それともう一つ、まりあ像が飾りの鍵が出てきました」

「親父はなんということを」

「忠兵衛さん、ご禁制の絵と品に覚えはございませんかえ。天眼鏡と鍵は間違いなく南蛮渡りですぜ」

忠兵衛が激しく顔を振り、

「私どもは商いが商いです。幕府に目をつけられることだけは必死で避けてきました。それを親父自らが破っていたとは……」

「ご隠居がいつ手に入れたかも分かりませぬか」

「親父は二十年も前、長崎に旅しております。考えられるとしたら、そのおりでしょうか」

領いた宗五郎は、

「ご隠居の部屋を調べさせてもらってようございますか」

と聞いた。忠兵衛はしばし返答を迷っていたが、

「金座裏、どうしても調べなきゃあ、駄目かねえ」

と聞いた。

「この印籠を最初に見られたのは寺坂毅一郎様だ。その寺坂様がわっしに印籠を預けて、おまえ一人で調べよと含みを残して渡されたんだ。そのことを考えちゃあくれまいか」

がくり
と忠兵衛の肩が落ち、

「寺坂の旦那がそのような心遣いをなされましたか、申し訳ないことです」

と答えて承知した。

三

四ッ目屋の隠居好七の初七日を明日に控え、金座裏の宗五郎は好七の離れ座敷で徹夜をした。

好七は商売と道楽が一致していたか、古今東西の秘具、秘薬、媚薬、枕絵、南蛮危絵など手に入る限りのものを膨大に収集していた。

離れまで案内した忠兵衛は、

「離れはどこも親父の息のかかった世界、私ども家族にもなかなか見せませんでした。親分、親父が亡くなった上に事情が事情です、どこなりとお好きに探して下さい」

と潔く言い残して宗五郎を一人にした。

好七の秘密を探り当てたのは夕暮れの刻だ。

地下座敷への隠し出入口を掘り炬燵《ごたつ》の下に見付けたのだ。

梯子《はしご》段を下りると広さ六畳ほどの秘密の空間が広がっていた。地下座敷は壁を大谷《おおや》石で積み、天井は漆喰《しっくい》で塗り固められていた。

その地下座敷には好七の収集品のなかでも幕府の統制、禁制にかかると思われる品々が収納されていた。

「なんというこったえ」

行灯《あんどん》の明かりに浮かぶ光景に宗五郎は肌寒ささえ覚えた。好七のあくなき探究心と情熱と欲望がうずたかくあった。

外に出せる品ではなく他人に手伝ってもらうわけにもいかなかった。

宗五郎は座敷の中央に置かれた文机《ふづくえ》から収集品を調べていった。

好七が印籠に入れて持ち歩いていたまりあ像飾りの鍵とぴたりと合う小箱を発見したのは地下座敷に下りてどれほどの刻限が過ぎた後のことだろう。

大谷石の壁の前に置かれた書棚の隠し引き出しにその小箱はあった。

異郷から運ばれてきたと思える小箱は、縦横四寸高さ二寸ほどで、飴《あめ》色の総革張りで小さな鍵穴があった。

宗五郎が印籠から出てきた鍵を鍵穴に突っ込むと、
かちり
とかすかな音を響かせて蓋が開いた。すると地下座敷に宗五郎が聞いたこともない楽の音が響いた。どういう仕掛けか、箱の蓋を開くと妙《たえ》なる音楽を演奏するのだ。

長崎を通じて江戸初期には日本へ伝えられた自鳴琴《オルゴール》だった。箱の蓋に細字で、

「天明《てんめい》三年神無月朔日肥前長崎於購入」

とあった。おそらく好七の字であろう。

忠兵衛は二十年も前に長崎に行った折に購《あがな》ったものではと推測したが、正しくは十七年前の天明三年(一七八三)に好七は長崎を訪れていた。おそらく好七は鍵のかかる自鳴琴も、その箱に付属する天眼鏡もこの旅で手に入れたものであろうと思われた。

自鳴琴には折り目も古びた書付が入っていた。

枕絵か、と少々うんざりしながら、まず二つ折りにされた書付を開くと表書きに、

「四ッ目屋秘薬長命丸調合相伝
初代四ッ目屋忠兵衛記
寛永十九年葉月初旬」

とあった。

百五十八年前に書かれた書付は、四ッ目屋に莫大《ばくだい》な財をもたらした長命丸調合の秘伝書で、一子相伝《いっしそうでん》に伝えられるもののようだ。

好七はまだ四ッ目屋の七代目だった天明三年に長崎を旅して、くるす飾りの天眼鏡とまりあ飾りの鍵のかかる自鳴琴を買い求め、江戸に持ち帰った。そして四ッ目屋の秘薬長命丸の調合秘伝の覚書《おぼえがき》をこの中に保管し、さらに天眼鏡と鍵を常に身につけるために印籠を誂《あつら》え、その内部に細密の枕絵を淫乱斎に頼んで描かせた。

好七の亡くなった今、宗五郎はそう推測してみた。

宗五郎が自鳴琴を懐にして地下座敷を出ると、離れ座敷に独りぽつねんと八代目忠兵衛が座していた。

光はすでに朝の到来を告げていた。

「金座裏、やはり親父の秘密を探り当てられましたな」

徹夜したらしく、疲れ切った顔で忠兵衛が呟《つぶや》いた。その秘密とは掘り炬燵から入る地下の隠し座敷を指したと思えた。

「忠兵衛さん、隠し座敷を承知でしたか」

「はい。五代目が掘り抜いたもので商いから手を引いた隠居が引き継ぐ座敷でございます。私もまだ座敷に下りたことはございません」

「ご隠居が亡くなった今、おまえ様がその秘密を守っていくことになりそうだねえ」

と言いかけた宗五郎は、懐から自鳴琴を出すと忠兵衛に渡した。その鍵穴にはまりあ像飾りの鍵が嵌ったままだ。

「この箱の鍵にございましたか」

「開けてご覧なさい」

忠兵衛が自鳴琴を掌に抱えてもう一方の手で鍵を回した。

かちん
と鍵が解ける音がして妙なる調べが離れ屋に響いた。

「このような自鳴琴を親父は所有していましたか」

「長崎で購入されたようだ。おまえ様にはこの自鳴琴よりも入っている書付が大事だろうぜ」

うーむ
と訝しい顔をした忠兵衛が自鳴琴を膝《ひざ》に置くと宗五郎が元に戻しておいた書付を出して開き、

「おおっ！」

と歓喜の叫びを洩らした。

「金座裏、親父はこの相伝書のありかを私に告げぬままにあの世に旅立ちました。初七日を終えたら、親父の座敷を虱潰《しらみつぶ》しに探そうと考えていたところですよ。助かった、恩にきますよ」

と言った忠兵衛の顔に不安が走った。

「忠兵衛さん、案じなさるな。わっしが確かめたのは表書きだけだ」

「いえ、親分を疑ったわけじゃあございませんよ」

と肩の荷を一つ下ろした様子の忠兵衛が、

「金座裏、親父が残した印籠や自鳴琴だが、どうしたものかねえ」

「寺坂の旦那はわっしに始末を預けなすった。わっしはどうやら印籠に隠された謎《なぞ》に行き着いたようだ。幕府の定法《じょうほう》には触れましょうが、こちらのご隠居が隠れきりしたんとも思えない。この始末ばかりは好七様の後継の旦那が決めなさることだ」

「寺坂様も金座裏も奉行所にはお届けなさいませぬか」

「寺坂様はわっしに始末を頼まれたときからそのお気持ちでさあ」

「有り難い、一生恩にきるよ。金座裏、このとおりだ」

忠兵衛が長命丸の調合相伝書付を握った両手を合わせて宗五郎を伏し拝んだ。

「旦那、わっしは寺坂様のご意思をやり遂げただけだ。まだ仏でもねえ、拝むのは止めてくんな」

と苦笑いした宗五郎は、

「まず本日の初七日の施主を無事終えられることだねえ。そうなれば四ツ目屋の名実ともに主《あるじ》はおまえ様だ」

と言いかけ、立ち上がった。

宗五郎が金座裏に戻ると赤子の泣き声が響いていた。

永塚小太郎の声だ。

「お帰りなせえ」

金座裏の家の内外の掃除を終えた常丸たちが宗五郎を出迎えた。

「常丸、弔いの仕度は終えたか」

「へえっ、四つ（午前十時）の刻限、土饅頭《どまんじゅう》の前で和尚様が弔いの経を上げて下さるそうです」

「四ツ目屋の隠居の初七日と八重樫七郎太の弔いが重なったな。これもなにかの因縁だろうぜ」

宗五郎が居間に上がるとおみつ、しほ、それに永塚小夜が小太郎の世話をしていた。

赤子はおむつを替えられたせいか機嫌を直し、笑い声を上げた。

「おまえさん、四ツ目屋で徹夜かえ」

「隠居の遅まきの通夜をやったようだぜ」

「始末はついたかえ」

「ああ、終わった」

御用の会話はそれで終わった。

おみつは宗五郎の探索にあれこれと口出すことだけは慎んできた。

宗五郎に考えを聞かれれば答えるが、探索は他人の秘密に触れることだ、こちらから知りたいと思ったりしまいと金座裏に嫁に来たときから自らに課してきた。それがいつしか身に染みついていた。

その様子を眺めながら、しほは宗五郎に茶を淹れた。

「永塚様、お休みになられましたかえ」

茶を啜《すす》った宗五郎が小夜に顔を向けた。

「久しぶりにぐっすりと眠ることが出来申した」

「そいつはよかった」

小夜は小太郎を皆が見えるところに敷かれた寝床に寝かせ、風呂敷包みを持って居間に入ってきた。

「親分、昨晩、こちらに休ませていただく前に小太郎の着替えを整理致した。そしたら、小夜には思い当たらぬ金子が三十両余り出て参った。この金子、八重樫様が木賃宿を出て行く前に入れられたとしか思い当たらぬ。小夜の金子ではない、いかがしたものか」

と風呂敷を解くと小太郎の産着《うぶぎ》の下から手拭《てぬぐい》に包まれたものを取り出した。

「永塚様の推測どおり八重樫様が道場破りで得られた金子の残りにございましょう。八重樫様の懐には五両余りしかございませんでした」

「その金子はどうなったな」

「北町奉行所の定廻同心寺坂毅一郎様がお預かりになり、奉行所の調べが済み次第、金子の処置も決まりましょう」

「ならばこの金子もそれに加えてくれぬか」

「八重樫様が残された金子は賭け勝負で儲《もう》けられた三十両です。まあ、あまり誉《ほ》められた稼ぎではないが双方が得心ずくの勝負の余禄だ。それを八重樫様は永塚様に遺《のこ》された、だれも文句がつけようもない金子、永塚様のものにございますよ」

「親分、八重樫様は賭け勝負の元手を、年寄りを殺して得たのではなかったか」

「仰《おつしや》るとおりにございます。ですが、その十両は八重樫様がすでに費消したかもしれねえ、小判には印などございませんからね」

「いや、違う。不正の末に得た十両で儲けた金子はやはり汚れた小判だ。それを小夜が頂くいわれもない。親分、奉行所に差し出してくれ」

「よう申されました、永塚様。この宗五郎がきっちりと奉行所に届けて処分方を願います」

小夜が手拭に包まれた三十両を宗五郎に差し出し、宗五郎が預かり、長火鉢の小引き出しに入れた。

「永塚様、もう聞きなされたと思うが深川黒江町の西念寺に八重樫七郎太様の亡骸を埋めました。今朝四つに墓前で経が上げられ、かたちばかりの弔いを催します」

「造作をかけた」

「これがわっしらの御用だ」

「御用聞きとは人を捕縛《ほばく》するものではないのか」

「十手持ち《じってもち》は下手人を追い詰め、お縄にして奉行所に送ることが御用と仰るんで」

「違うのか」

「それも御用の一つですがねえ、それだけじゃねえ。どんな騒ぎの裏にも哀《かな》しんだり、泣いたりする家族や知り合いがおりますさあ。もっとも大事な仕事はさ、この人たちの悲しみの後始末をつけることだ。ただ今預かった三十余両もその一つでさあ。八重樫様が手をかけられた四ッ目屋には四ッ目屋の悲しみと懸念《けねん》がございますのさ。人ひとりが死ぬということはそういうことだ」

「それで親分は徹夜をなされたか」

「へえっ」

小夜が衝撃を受けたかのように黙り込んだ。

「永塚様、今日の弔いだが、おまえ様の考え次第だ。おまえ様と小太郎様の二人だけで見送りたいと申されるのならそれもよし、わっしも弔いに出てよいとお考えなら、因縁のあった者同士が墓前に集《つど》うのもまた一興、どうなされますな」

小夜は宗五郎からそのような問いが発せられようとは夢にも考えていなかったらしく、しばし瞑想した。

「宗五郎どの、亡くなられた八重樫様の気持ちはもはや分からぬ。小夜は親分が弔いに出ようと申し出られた気持ちを重く受け止め、大切にしたい。お願いしてよいか」

「政次もよろしゅうございますね」

「若親分のお気持ち次第、小夜が断る理由などあろうか」

どうやら小夜は一晩で現実を悟り、すべてを受け入れた、いや、受け入れようと葛《かっ》藤《とう》しているようだった。

「ならば皆で西念寺に参りますかな」

と宗五郎の言葉に重なり、

「朝餉ですよ」

というおみつの声が響いた。

朝餉の後、永塚小夜と小太郎親子、金座裏の宗五郎と政次、亡骸を埋葬した常丸と亮吉の六人は彦四郎の漕ぐ猪牙舟に乗って深川黒江町の西念寺に向かった。

今日も春の長閑《のどか》な日射しが大川に静かに降っていた。そして、その光の下を荷足船《にたりぶね》、屋根船、押送船《おうそうせん》、木材を組んだ筏《いかだ》などが上下していた。

彦四郎は悠然と大川を斜めに漕ぎ下り、永代橋《えいたいばし》を潜ると深川と越中島《えっちゅうじま》の間に口を開ける堀へと入れた。さらに武家方一手橋、三蔵橋を抜けて東から北へと方向を転じて、外記殿橋際で猪牙舟を舫った。

一行が西念寺の山門を潜ると本堂前に寺坂毅一郎が小者を従え、和尚の穎源と立ち話をしていた。

「金座裏のご一行様の到着だ」

「寺坂様、お見えでしたかえ」

「昨日、八百亀から聞いていたんでな、町廻りのついでに立ち寄った」

と毅一郎は答えたがその縄張りは川向こう、町廻りのついでに立ち寄れる場所ではない。自分が手がけた事件を最後まで見届けておこうと思ってのことだろう。

「寺坂様、こちらが永塚小夜様にございますよ」

「慣れぬ江戸で大変な目に遭われたな」

毅一郎が小夜に話しかけると小夜が、

「お役人にはいろいろと迷惑をかけた」

と頭を下げた。

「寺坂様、あとでご報告すればよいことだが、八重樫七郎太様が道場破りで得た金子、小太郎様の産着の間に隠してあったそうですぜ。永塚様はこの金子は私のものではない、奉行所に届けてくれというので預かってございますよ」

毅一郎が宗五郎に頷き、小夜に、

「そなたの気持ち、奉行所に伝える」

と約束した。

「さて、そろそろお弔いを始めますかな」

穎源師の言葉で西念寺の墓地の一角に埋葬された八重樫七郎太の土饅頭の前に一同は移動した。

そのとき、小夜は小太郎を両手に抱いていた。

政次が小夜に小太郎を預かろうと声をかけた。

「いや、かまわんでくれ」

「永塚小夜様は喪主でございます、小太郎様を抱いていては大変にございましょう」

　小夜は首を横に振った。

　金座裏に一晩泊まり、宗五郎やおみつらに心を開いたかに見えた小夜だが、直に対決して敗れ、さらに八重樫七郎太まで打ち殺した政次には未だわだかまりを残しているようだった。

「小夜様よ、若親分の気持ちは素直に受けるもんだぜ。八重樫さんの亡骸を埋める墓穴は若親分が一人で掘ったようなものだ。まあ、おまえ様の気持ちも分からないじゃねえがねえ」

　と言った亮吉が、

「おれが小太郎様を預かるぜ」

　と小夜の手から奪うように抱き取った。

　小夜は亮吉とも政次ともつかず頭を下げた。

　八重樫七郎太の弔いは穎源が経を上げ、喪主の小夜から順に線香を手向《たむ》けて慎《つつま》しやかにも厳《おごそ》かに執り行われた。

　小夜は奉書紙になにがしかのお布施を用意していて穎源に、

「和尚どの、些少《さしょう》じゃが受け取ってくれぬか」

と手渡した。

「永塚小夜様のお気持ち、確かに受け取りました」

穎源も快く受け取った。

宗五郎は町廻りに戻ると寺坂毅一郎を山門まで見送ると四ツ目屋での調べを報告した。

「隠居は好奇心の旺盛《おうせい》な人だったからな、長崎でついご禁制のくるすやまりあ像を買い込んだものであろう。自鳴琴の鍵とは見当もつかなかったわ。ともかく長命丸の調合の秘伝書が当代に無事渡ってよかったな、長命丸を頼りにする好き者は結構いるからな」

と笑った毅一郎は小者を従え、足早に西念寺の門前から消えた。

四

おみつは小太郎の泣き声に目を覚ました。母親の小夜はいないのか、と訝しく思いながら寝巻きの上に薄く綿を入れた半纏《はんてん》を羽織り、小夜と小太郎の部屋に向かった。

二階の奥、客があったときに使う座敷を二人の親子にあてていた。

「小夜様」と廊下から声をかけてみたがいる風はない。

「入りますよ」

と言うと障子を開いた。すると有明行灯の明かりに小太郎がぐずっているのが見えた。

「おっ母さんは厠《かわや》かねえ」

と言いながらおみつは小太郎を抱き上げ、尻が濡《ぬ》れていることに気付いた。

「お尻が気持ち悪くて目を覚ましたのかえ。ちょいとお待ち、おしめを替えてやるからさ」

枕元に用意してあったおしめに替えると小太郎は泣き止んだ。

「よし、おみつが抱っこしてあげるよ」

おみつは濡れたおしめを片手に持って小太郎を抱き上げ、台所に行った。

「おや、おかみさん、よくお似合いですよ。まるでほんとの孫のようだよ」

と朝の早い飯炊きのたつが笑い、おみつの手から汚れたおしめを受け取った。

「孫ねえ」

おみつの心中は複雑だ。

宗五郎との間には子供が生まれなかった。

金座裏に嫁に来て以来、十代目宗五郎をどうするか、おみつの胸の中に重く伸《の》し掛かっていたのだ。

松坂屋《まつざかや》の手代政次を養子に貰《もら》い、十代目を継がせた暁には政次としほに所帯を持たせることで、

「公方《くぼう》様お許しの金流しの十手」

の家系をなんとか守れそうだと目処《めど》は立った。だが、わが腹を痛めなかった負い目がおみつにはあった。

他人様《ひとさま》の子、小太郎を抱いて、

「まるでほんとの孫のようだよ」

と言われるとたつの何気ない言葉が胸に突き刺さった。

小太郎を抱いて居間に行った。するとおみつの起きた気配《けはい》に目を覚ましたか、宗五郎が神棚の水を取り替えたところだった。

「おまえさん、小夜様の姿が見えないんだけどね」

「政次が出かける刻限、小夜様も起きられたようだったぜ。おれの勘では赤坂田町の神谷道場に一緒に行ったと思うがねえ」

「赤子を放り出して朝稽古かえ」

「永塚小夜様自身が江戸でどう暮らしたものか、迷っておいでだ。そこで頼りになる

のは物心ついたときから厳しく教え込まれてきた剣の道だけだ。稽古で汗を流し、心身ともにすっきりとさせたい一念で政次に頭を下げたんじゃねえかねえ」

と宗五郎が推理した。

「小夜様は未だ政次と目を合わせるのを避けているよ」

「今まで小夜様の鼻っ柱をこっぴどく折る者はいなかったと思える。なにしろ当人が腕に自信を持っているうえに父親が道場主では出入りの門弟もつい手加減しようからな。それを政次にあっさりと負かされた、その上、頼りにしてきた八重樫七郎太を政次が斃したのだ。複雑な気持ちをもつのは当然のことよ」

「道場に連れていってと、ようも政次に頭を下げたねえ」

おみつが呟き、小太郎に、

「おまえのおっ母さんは剣術《やっとう》の稽古だとよ。もうしばらく辛抱しな」

と言ったとき、玄関に、

「お早うございます」

としほの声がして、しほと八百亀が姿を見せた。

「あら、小太郎様ったらもう目を覚ましているの」

「しほちゃん、おっ母さんは政次と神谷先生のところに朝稽古だとよ」

「あらあら、おかみさん、私もなんだか小太郎様のことが気になってこちらに伺ったんですよ。お腹が空いているかもしれませんよ、重湯を飲ましちゃだめですかねえ」

「そうだねえ、重湯を飲まそうかねえ」

女たちが再び台所に向かった。

「八百亀、おめえも小太郎のことが気になったか」

「こっちは年だ。どうも段々朝早く目が覚めらあ。そこでさ、町内の稲荷《いなり》社にお参りに行ったと思いねえな」

「朝っぱらから神仏参りをするようじゃあ、八百亀も十手を返上かねえ」

「あちらの寺、こちらの神社とお参りに行く年寄りの気持ちが近頃なんだか分かるようになったよ」

と八百亀も苦笑いした。

亀次《かめじ》の家は青物市場《やっちゃば》近くで代々八百屋を営んでいた。捕物好きの亀次は若い頃から金座裏に出入りして、先代宗五郎の許しを得て手先になった。

家業の八百屋は女房が子供たちの手を借りて営んでいた。

「今さら女房に八百屋を手伝わせてくれとも言えねえや。足腰が元気なうちは金座裏で頑張るぜ」

「こっちこそ頼もう」

　宗五郎が茶を淹れて八代目以来の老練な手先に出した。

「親分、金座裏に回ってきたには理由があらあ。稲荷社で青物問屋青正《あおしょう》の隠居の義平《ぎへい》さんにあったんでねえ、隠居は家作をたくさんお持ちだ。親子二人が住まいする長屋に空きはねえかと頼んでみたんだ。すると武家の女子と嫡子《ちゃくし》が九尺《くしゃく》二間《けん》の棟割《むねわ》りというわけにもいくめえ。母屋に離れが空いているがどうだという話だ」

「青正の離れだと、茶室のような造りじゃあ暮らしはできめえ」

代々青正の主は正右衛門《しょうえもん》を名乗り、隠居になって本名に戻った。

「それがさ、義平さんの姉様が数年前まで暮らしていた離れ屋だ。小さいが台所もあれば厠もある、部屋は畳の二間に回り廊下がついていて台所には板の間もあらあ。青正の離れだけに造作は凝っているぜ」

「そりゃ店賃《たなちん》も高かろう」

「そこだ、親分。おれがさ、永塚小夜様は女剣客、江戸の名立たる道場が永塚様の軍門に下ったほどだと言うと金座裏の口利きであれば、店賃は長屋並みでいいというのさ」

「青正の隠居は剣術好きか」

「格別そういうわけじゃないがねえ、青正は分限者《ぶげんしゃ》だ、蔵の中に小判が唸《うな》っていると
いう巷《ちまた》の噂だ。時世も時世、離れに小太刀の遣い手が住んでくれれば心強いというわ
けさ」

「ふーむ。考えたな」

「どうだえ、この話」

「永塚小夜様次第だが、悪い話じゃねえや」

「親分が小夜様の後見になるのが青正の条件だぜ」

「永塚様にお聞きして、いいというのなら青正に挨拶に行こうか」

「となると親子の食い扶持《ぶち》だねえ。武家の出だけに青物市場勤めというわけにもいく
まい」

「まあ、そっちは気長に考えようか」

赤坂田町の道場では政次が永塚小夜の小太刀の稽古を見詰めていた。赤子を背に負
って道場破りに来たときより、小夜の気持ちは落ち着いていた。そのせいで小太刀の
技を伸びやかに繰り出し、相手する神谷道場の若手門弟をきりきり舞いさせていた。
政次がいつものように七つ（午前四時）前にそっと金座裏の玄関を出ようとした。

すると人の気配がして、振り返る政次の目に稽古着姿の小夜が映じたのだ。

「若親分、それがしを神谷道場に連れていってはくれぬか」

小夜が政次の目を見ぬようにして言った。

「稽古をなさりたいので」

小夜が暗がりで頷き、

「神谷丈右衛門様は道場破りの女剣士をお許しなさるまいか」

「先生はそのようなお方ではございませぬ。小夜様が稽古をしたいと申し出られれば快くお許し致されましょう」

「誠心誠意お願い致す」

「ならばご一緒に」

と答えた政次は、

「ただし金座裏から堀端を赤坂田町まで走っていきますよ。それとも後から参られますか」

と聞いた。

「若親分が走っていかれるとあらば、それがしも走ります」

小夜は稽古着の腰に小太刀を帯びて、それをぐいっと落ち着けると先に走り出した。

途中で小夜が音を上げるかと思った。だが、いつもよりいくらか足の運びを緩めた政次に必死で喰らいついてきた。

小夜は政次や住み込み門弟たちと一緒になり、道場の清掃に加わった。うっすらと道場が朝の光に明るくなった頃合、神谷丈右衛門が姿を見せた。

小夜を伴った政次が、

「先生、過日、当道場に来られた永塚小夜様にございますが、改めて稽古を望んでおられますゆえ、同道致しました」

「政次、永塚様とはその後付き合いが生じたか」

と丈右衛門が聞いた。

「仔細《しさい》がございまして、ただ今金座裏に親子ともども逗留《とうりゅう》しておられます」

頷いた丈右衛門が、

「永塚小夜どの、わが道場は剣術を志す者にはなんのわけ隔てなく門が開かれており申す。稽古をなさりたければいつでもお出《い》でなされ」

「過日の非礼と醜態にかかわらずお許し下さるか」

「永塚どのの小太刀、わが門弟にも勉強になろう。存分に稽古なされよ」

「真《まこと》にもって有り難き幸せにござる」

稽古が始まると小夜はまず独り稽古を繰り返し、体が温まったところで稽古相手を探すように道場を見回した。

「永塚様、お願い申します」

と過日の政次との立ち合いを見ていた鶴賀《つるが》一八《かずや》が名乗りを上げた。初めての勤番を仰せつかった鶴賀は二十三歳、肥後《ひご》人吉藩相良家《ひとよしはんさがらけ》の家臣だった。神谷道場に入門して一年余、元気の盛りだ。

「こちらこそお願い申す」

鶴賀は愛洲移香斎《あいすいこうさい》の創始した愛洲陰《かげ》流を修行し、江戸に出て神谷丈右衛門道場に改めて入門した俊英だ。

鶴賀は小夜の小太刀に対して正眼の剣で応じた。

小夜もまた政次と対決した折の小太刀の秘策を出し切ることなく片手正眼に構えて堂々と受けた。二人の稽古は愛洲陰流の剛直な技と円流小太刀の機敏変幻の技がぶつかって白熱したものになった。

鶴賀は政次が制した女剣者、なんとか屈服させられようとの気持ちを持っていた。

だが、立ち合いに入った瞬間、

「全身全霊で向かわねば打ち負かされるぞ」

と直ぐに悟り、雑念を捨てた。

小夜と鶴賀の稽古は四半刻続き、一休みした小夜に次々に門弟が稽古を願った。さらに二人目、三人目と相手が代わり、立ち合い稽古が続くうちに小夜は本領を発揮し始めたのだ。

だが、小夜は政次とは一切目を合わさず、稽古を申し込もうとはしなかった。

瞬《また》く間に一刻が過ぎた。

小夜は江戸に出て以来初めての、すっきりとした気分で道場の壁際に下がった。

（さすがに江戸には異能偉才が雲集《うんしゅう》しておる。仙台城下は陸奥の都と思うたが人材の厚みがまるで違う）

と井の中の蛙《かわず》を思い知らされた。

「永塚どの、一休みなされたら、それがしに円流小太刀を教えてくれぬか」

なんと神谷丈右衛門が小夜に稽古を申し込んだ。

「神谷先生、直々のご指導とは永塚小夜これに勝《まさ》る喜びはございませぬ」

小夜の顔がぱあっと弾け、直ぐに立ち上がった。

神谷丈右衛門と相対《あいたい》した小夜は円流小太刀の技を全《すべ》て出し尽くした。だが、巌《いわお》のような丈右衛門の構えに悉《ことごと》く跳ね返され、最後は両肩を激しく上下させるほどに息が上がった。

「よかろう」

と丈右衛門が竹刀《しない》を引いたとき、

「ご指導ありがとうございました」

と答えるのがやっとの小夜だったが、顔には満足の笑みが浮かんでいた。

剣の奥義《おうぎ》は果てしない、そして、世には神谷丈右衛門先生のような達人がおられる。

永塚小夜は決して諦めまい、剣に生きようと改めて覚悟がついた丈右衛門との立ち合いであった。

一日にして小夜は神谷道場の門弟になった気持ちだった。


政次と小夜が金座裏に戻ったとき、すでに家の内外の掃除は終わり、台所の板の間に箱膳を並べた手先たちが朝餉を食していた。

「お帰りなさい」

しほが台所を手伝い、おみつが小太郎を両腕に抱いてあやしていた。

「おかみ様、相すまぬことにございました」

小夜が慌てて小太郎を抱きとろうとした。

「無断で出かけて申し訳ございませぬ」

いつの間にか、小夜の言葉が女らしくなっていた。

「やはり政次と道場に行かれましたか」

「若親分に願って朝稽古に連れていってもらいました」

「それはようございました」

おみつが小太郎を小夜の腕に返し、

「腹が空いたようなので重湯を飲ませてましたよ、小夜様」

「なにかと造作をかけます」

と答える小夜の表情が変わったとおみつは直感した。全身に力を張《みなぎ》らせて、気を張り、生きてきたものが、
すうっ
と抜けたように感じられた。

(やはり剣術家だねえ、稽古をするとこんなにも顔が和《なご》むものか)

「小夜様、今、男どもが食べたら朝餉にするからね」

「なんの手伝いも致さず申し訳ございません」

と小夜が答え、小太郎に乳を飲ませに部屋に戻った。

政次は宗五郎と八百亀が談笑する居間に行った。

「神谷先生に許しを貰ったか」

「はい。その上、最後には小夜様と立ち合いまでなされました」

「それで小夜様の顔がすっきりとしておるか」

政次が養父の問いに笑みで応じた。

「もやもやした気持ちをふっきるには、やはり好きなことに精を出すのが一番の薬だねえ」

と宗五郎が得心した。

手先たちの朝餉が慌ただしく終わり、居間に膳が運ばれてきた。

乳を与え終えた小夜も小太郎を抱いて居間に姿を見せた。

膳は宗五郎、政次、八百亀、そして、小夜の四つだ。

「永塚様、小太郎様をお預かりします」

しほが小夜に申し出た。

「しほどのは食し終えられましたか」

「私とおかみさんはあとでゆっくり頂きます」

「造作をかけます」

しほが乳を貰って満足そうな小太郎を抱きかかえた。おみつに比べ、どこかぎこちない。

「しほちゃんよ、小太郎様で精々稽古を積むことだぜ。近々こんな日が来るんだからねえ」

と八百亀が言い、しほが顔を赤らめた。

小夜がその言葉としほの態度を、

（おや）

という顔で見た。

「永塚様、飯を食べながら話を聞いて下せえ。うちの八百亀が持ち込んだ話だ」

「なんでございますか」

「永塚様と小太郎様は江戸でお暮らしになる気持ちにお変わりございませんな」

「ますます江戸で生計《たつき》を立てる気持ちが強くなりました」

「となると、まずはお二人のお住まいだ」

「こちらにいつまでも甘えるわけにはいきませぬ」

「そんなこっちゃあどうでもいいがねえ」

と宗五郎が八百亀が持ち込んだ話を伝えた。

「青正は江戸の青物問屋でも一、二を争う豪商だ。その隠居が八百亀に言い出したことでねえ、お互いに得する話のようだ。どう考えられますな」

小夜は宗五郎が告げた話を驚きの顔で聞いた。

「小夜と小太郎、雨露が凌《しの》げる小屋でもあればと考えておった次第、そのような大店《おおだな》の離れに私ども親子が厄介《やっかい》になってよいのでござろうか」

「もし、小夜様がよろしいと申されるのであれば朝餉の後に八百亀の案内でわっしと小夜様で青正を訪ねてみましょうか」

「よしなにお頼み申します」

と頭を下げる小夜の言葉が柔らかに変わり、どことなく仕草も女っぽくなっていた。

第四話　深川色里川端楼

一

青物市場《やっちゃば》は幕府支配下の役所である。老中支配の町奉行所年番方与力配下の青物役人が神田《かんだ》多《た》町《ちょう》の青物市場を監督し、出入りの商人を監査した。

青物は魚同様に市場から直に御《お》台所《だいどころ》賄方《まかないかた》が出張って買い付けた。また魚と青物の値の急激な値上がりなどを防ぐために町奉行所の管理下にあったのだ。

金座《きんざ》裏《うら》を出た宗《そう》五《ご》郎《ろう》と小夜《さよ》は八百亀《やおかめ》に案内されて北へと入堀《いりぼり》を越えて歩いていった。

今朝の小夜は小太郎《こたろう》をおみつに預け、身軽な格好で動きも軽やかにして、その身のこなしはいくつか若くなった感じがした。

その小夜が目を瞠《みは》ったのは、行き会う人々が、

「おや、宗五郎親分、どちらにお出かけで」

「金流しの親分さん、いい陽気になったねえ」

「九代目、うちの町内にも偶《たま》には顔を見せてくんな」

と声を掛けていき、宗五郎も、

「おや、伊勢屋《いせや》のご隠居、堅固《けんご》でなによりだ」

「春先は陽気が移ろい易《やす》いや、急に寒さがぶり戻し風邪《かぜ》を引くことがあらあ。気をつけな」

などと返事をして歩いていくことにだ。

御城近く、それも金座裏に一家を構えている宗五郎親分が江戸の人々に頼りにされていることが小夜にも分かった。

「金座裏の稼業は古いのですか」

と小夜が思わず聞いた。

「小夜様、うちは神君家康《いえやす》様以来の御用聞きだ。初代が金座裏のあの地に一家を構えたのは幕府の開闢《かいびゃく》とほぼ時を同じくする慶長《けいちょう》年間のことだそうですよ」

「驚きました」

と小夜が正直な感想を述べた。

「小夜様よ、うちは江戸でも一番古い十手《じって》持ちだ。そこで御用を務める手先《てさき》には自慢だがよ、それだけじゃあねえや、なんといっても金看板は将軍様お許しの金流しの十手持ちということよ」

と八百亀が一頻《ひとしき》り金流しの十手が看板になった謂《いわ》れを述べた。

「なんと金座からの贈り物の十手を家光《いえみつ》様がご公認になったのですか」

「家光様ばかりではない。今や代々の公方《くぼう》様がお目見《めみえ》の折に親分の十手を拝見なさるほどだ。金座裏の親分に就くということは金流しの十手を受け継ぐということですよ。わっしら、子分にとっても金流しの十手の親分の下で働けるのは自慢のことでね、生きがいでもあり、戒《いまし》めでもあるんでさあ」

「それゆえにこのように町人方が挨拶《あいさつ》していかれるのですね」

小夜にとって江戸の町をこんな風にのんびりと歩いたことはなかったのであろう。

「小夜様、近頃のことだ。金流しの家系にもう一つ自慢が増えた。若親分の政次《せいじ》さんが手柄を立てなすってねえ、初売りの品を盗人《ぬすっと》から取り戻し、老舗《しにせ》商人の面目が立ったというのでそのお店からご褒美《ほうび》を頂いた。京から江戸に出てくるときに持参した銀のなえしを政次さんに贈られたんだ。これもまた町奉行所がお許しになり、金座裏には金銀二つの名物が増えましたのさ」

この話を聞いた小夜が複雑な顔をした。

八重樫七郎太《やえがししちろうた》は政次の銀のなえしで額を割られて死んだのだ。

八百亀も小夜の表情に直《す》ぐに気付いた。

「小夜様の心中、お察し申します。だがねえ、若親分も八重樫様との戦いは御用を務める者には致し方ないことでしたねえ、好きで銀のなえしを振るわれたわけではございませんや。そいつをさ、小夜様、今とは言わねえ、心が静まられたときに今一度考えて下さいませんかえ」

小夜は曖昧《あいまい》に頷《うなず》いた。

神田多町の青物市場前、銀町《しろがねちょう》の一角に青正《あおしょう》はあり、店の裏手に本家があった。

「番頭《ばんとう》さん、ご隠居はおられるか」

朝の賑《にぎ》わいを終えた青物問屋はどことなく弛緩《しかん》した空気が流れていた。魚と同じく鮮度が命の青物だ、日射しが強くならないうちに問屋は小売り相手に商いを終えるのだ。

「おや、金座裏の親分、八百亀、なんぞ隠居に御用かえ」

「今朝方、稲荷《いなり》社で会った用件で宗五郎親分を同道してきたと伝えてくれめえか」

「奥に小僧を走らせるより八百亀、おまえさんならうちの店屋敷はとくとご存じだ。親分さんと客人を母屋《おもや》に案内しねえな」

「あいよ」

広い土間の端に奥へと通じる三和土《たたき》土間が延びていた。八百亀は、

「親分、小夜様、こっちだ」

と案内していった。

八百亀の店も同じご町内にあり、青物市場も青正も餓鬼《がき》の頃からの遊び場だ。隅から隅まで承知していた。

青正は店と母屋の間に庭が広がり、枝折戸《しおりど》が商いと住まいの境をなすようにあった。

「小夜様、屋敷の表玄関は新銀町だがねえ、おれにとっちゃあ、店が馴染《なじ》みだ。初めての人を裏口からなんだが許してくんな」

と八百亀が小夜に声をかけて母屋の敷地に入ると、隠居の義平《ぎへい》がもろ肌脱ぎで庭木に水をやっていた。

「八百亀、いくら金座裏の親分だからといって店の裏から案内してくる者があるか」

「隠居、知らない仲じゃあねえや、構うめえ」

「客がそういうんじゃあ仕方ないね」

隠居はもろ肌を脱いでいた肩を袷《あわせ》に入れた。

「青正のご隠居、お元気そうでなによりだ」

「宗五郎親分も変わりなさそうだねえ」

「相変わらず江戸の町を駆け回ってますからね、体だけは丈夫ですよ」

「宗五郎さんや、跡継ぎが松坂屋《まつざかや》さんから入り、ご活躍の様子だ。いつも読売で読んでますよ」

「お蔭さまで町の衆にご心配をかけたが松坂屋さんの英断で跡継ぎができました」

「それればかりじゃあるまい。豊島屋《としまや》のしほちゃんが金座裏に入るって話をさ、松坂屋の隠居の松六《しょうろく》様からお聞きしましたよ。政次としほ、似合いの夫婦になりそうだって、松六様はわがことのように喜んでおいでだ」

「長いこと跡継ぎをどうしたものかおみつと案じてきました。物事一つ切っ掛けがつかめると長年の懸案も一挙に解けるね」

義平と宗五郎は十代目ができたことで十一代目の目処《めど》が立ったことを言った。

「そいつはめでたいや」

と義平がいい、永塚《ながつか》小夜に視線を向けた。

「八百亀が申されていたお方ですな」

「永塚小夜と申します。此度《こたび》は有り難いお申し出を下されましたとか、宗五郎親分からお聞きして恐縮しております」

「そんなことはどうでもいい。永塚様は小太刀《こだち》の名手だそうですねえ」

「仙台城下で父が町道場を経営しておりました。物心ついたときから剣術を叩《たた》き込まれ、いささか自信もございました。だが、それは有頂天になり真の自分を見失っていただけのようです。江戸に出て、己がいかに井の中の蛙《かわず》だったか思い知らされております」

「それは永塚様、よい勉強をなされましたな」

義平は答えると、

「まずは離れ家を見てもらいましょうかな」

と案内に立った。

青正は江戸有数の青物問屋だけに屋敷だけで三、四百坪はありそうだ。母屋と店の間に紅葉《もみじ》の木立に囲まれた離れ家があった。

義平の仕事か、縁側の雨戸が開け放たれ、回り廊下に囲まれた二つの座敷の畳の上に春の陽《ひ》が射し込んでいた。

「ご隠居、姉様が亡くなられて何年になりますかえ」

「親分、早いねえ、七年だ。姉様はさる大名家に屋敷奉公した後、独り身を通した。女一人が暮らしていた家だ、手狭だがどうだえ」

「どうもこうも永塚様は江戸に見知りの人もなく裏長屋暮らしから始めようと考えて

おられたんだ。こりゃ、手狭どころか贅沢《ぜいたく》だ」

　と答えた宗五郎が小夜を見て、

「どうですねえ」

　と聞いた。

「私と小太郎には勿体《もったい》なき住まいにございます。親分、このような申し出に甘えてよいものでしょうか」

　と小夜が迷うような顔で宗五郎を見た。

「ご隠居、正直に言おう。小夜様にはまだ江戸で暮らす手立てがない。この離れ家に見合う家賃は無理な話だ」

「金座裏、八百亀には言ってあるがこのご時世、物騒極まりない。家の中にむくつけき浪人を用心棒に住まわせるのは商いの都合もある、ちょいとご遠慮申し上げたい。永塚様のように見目麗《みめうるわ》しい剣術の達人に住んで頂けば、青正も安心だ。倅《せがれ》の正右衛門《しょうえもん》にはすでに相談済みのことだよ」

「小夜様、そういうことだ」

　小夜が未《いま》だ信じられないという顔で手入れの行き届いた離れ家を見ていた。

「まずは中を見て下さいな」

義平が敷石の玄関から三人を離れ家の内部へと案内した。玄関先に一畳ほどの小上がり、その小上がりは回り廊下に通じ、左手に行けば今まで四人がいた紅葉の庭へ、右に行けば台所に通じているようだった。

「座敷は六畳と八畳間の二つです」

奥の八畳間には床の間《とこのま》が付き、座敷の部屋には茶が楽しめるように水屋も設けられていた。さらに廊下の奥に厠《かわや》があって、こちらにも坪庭が見えた。

台所は女が住み暮らしていたことを示して、広くはないが使い勝手がよさそうな造りだった。それに調度品がすべて残されていた。

「姉が好きで買い集めた器だが、永塚様さえよければお使いなさい」

と義平が言う。

「江戸で暮らしを始めるとなると鍋釜水甕《みずがめ》と一通り揃《そろ》えるのに銭もかからあ。それがこちらのものを使わせて頂くとなると大助かりですぜ、小夜様」

と八百亀が小夜に言う。

「なにからなにまで申し訳ないことにございます」

男装の小夜は最初無骨な武家言葉であったが、いつしか女の言葉と仕草に変わっていた。だが、当人はそのことに気付いていないらしい。

「夜具は母屋から運ばせておきますよ」

四人は再び座敷に戻った。すると母屋から女衆が茶と茶菓子を運んできた。お店の番頭が知らせたものであろうか。

一行は陽の当たる縁側の思い思いの場所に座した。

小夜は義平と向かい合うように座敷の端に正座した。

「永塚様、青物商いは魚市場ほどではないが威勢仕事だ。気の荒い男も出入りする。永塚様さえ気になさらないならば住んでみませんか」

「ご隠居様、永塚小夜は江戸に出てまだ日も浅い者にございます。このようなご親切を受けてよいものかどうか、逡巡《しゅんじゅん》しております」

「永塚様、金座裏もうちも江戸開闢以来の家系でねえ、幕府にお仕えしてきた町人だ。うちも永塚小夜様がいきなり来られて、離れ家を貸して下さいと申し出られても二の足を踏んだでしょうよ。だが、金座裏が後見しようと言われれば古町町人《こまちちようにん》同士、もはや言葉はいりませぬ。まあ、江戸の人情とでも思って下さいな」

小夜が宗五郎を見た。

宗五郎が頷き返した。

小夜が小さく息を吸い、姿勢を改めて、

「ご隠居どの、青正様のご一家が宜《よろ》しいと申されるなればお願い申したい」

と頭を下げた。

「ご隠居、いつでも引っ越しはいいのかえ」

八百亀が聞いた。

「うちならば今日でも構いませんよ」

「今日の今日というわけにもいくめえ。一度金座裏に戻って女たちにも相談しようか」

と宗五郎が判断を下した。

「あとは小夜様が生きていく生計《たつき》だけだねえ」

八百亀の心配は止《と》め処《ど》もない。

「八百亀どの、私ども親子のためになにからなにまで申し訳ございませぬ」

小夜が頭を下げるところに、

「それだ、八百亀」

と義平が身を乗り出した。

「なんぞ心当たりがあるのかえ、隠居」

「それがあるからさ、おまえさんの話に乗ったようなものだ」

「ほう、どういうことだ」

「金座裏、八百亀、この近く、三島町《みしまちよう》に剣、居合いから薙刀《なぎなた》まで教えてこられた林幾《はやしいく》太郎《たろう》道場があるのをご存じか」

八百亀は、

「むろん承知よ」

と答えたが宗五郎には覚えがなかった。

「金座裏が知らないのも無理はないかもしれぬ、なにしろ大きな道場ではありませんよ。昔、竹蔵だったものに手を入れて道場に改装なされたんだ。林様も旅の武芸者でねえ、参州《さんしゆう》の出と聞いたことがある。道場を開かれたのは二十七、八年も前のことだろう。そう流行《はや》る道場ではなかったが幾太郎様のお人柄もあって、あの界隈《かいわい》の御家人《ごけにん》の子弟やら青物市場の役人までさ、常に二十四、五人の通いの弟子がいました。それが内儀とお嬢様の一家三人の食い扶持《ぶち》でな、つつましやかだが、幸せなご一家であったのさ、金座裏。それがさ、幾太郎様が数ヶ月前に俄《にわ》かの心臓の病で倒れられ、あれよあれよという間に痩《や》せられてな、亡くなられたのさ。師範をおくほどの道場でもないんでな、門弟はどうしたものかと困惑の体《てい》でな、まあ、道場に来ては門弟同士で稽《けい》古《こ》をなされていたそうだが、一人去り二人消えて、今では道場に通う門弟衆もいない有様だ。もっと困っておられるのが、残された二人の女衆だ。二人に門弟を教える力もなく、そう蓄えがあるとも思えない。ただね、竹蔵だった道場と小さな家作は林様が十年ほど前にお買い求めになったとか」

「ご隠居、近くに住んでいながら全く気がつきませんでしたぜ」

と八百亀が恐縮した。

領いた義平が、

「うちと林様はうちの奉公人が弟子だったこともあり、付き合いもございますのさ、金座裏」

「そいつはなんだかよさそうな話だねえ」

「だろう、金座裏。わたしゃねえ、永塚様さえよければさ、林道場を引き継がれないかと考えたんだ。むろん、最初は直ぐに弟子が戻ってくるとも思えない。だが、商いも道場経営も尽きるところ、手を緩めず丹念に続けることだ。そうすれば林道場の名義料を幾太郎様の後家《ごけ》とお嬢様に支払いながら、永塚様一家が暮らしていける時期がそう遠くない日に訪れると考えたんだがどうだい、金座裏の親分」

「こいつは願ってもない話だよ。もっとも永塚小夜様がどうお考えになるか、どうですねえ、この話」

「親分さん、ご隠居、永塚小夜に道場主の代役が務まりましょうか」

「赤坂田町の神谷《かみや》丈右衛門《じょうえもん》道場に乗り込まれた勢いがございますれば務まりますよ」

「お恥ずかしき話にございます」

と小夜が顔を赤らめた。

「永塚様、林道場は女の門弟も取っていたことがございます。幾太郎先生が薙刀を指南なされていたのです。永塚小夜様は小太刀をお遣いとか、この界隈の女たちが知れば通ってくる者も現われますよ」

「男子と女衆を一緒に教えるのですか」

「いえね、刻限を変えるか日を変えればよきことです」

「林様のお内儀は承知でございましょうか」

と小夜はそのことを案じた。

「わたしはねえ、まず永塚様のお気持ちを確かめて林様の後家様には話そうと考えておりましたのさ」

小夜が宗五郎の顔を見た。その顔にはどうしたものかという不安と迷い、さらに期待が綯《な》い交《ま》ぜにあった。

「小夜様、馬には乗ってみよ、人には添うてみよと申します。江戸で道場破りを覚悟なされた小夜様だ。その覚悟を思い出されればうまくいきますぜ」

宗五郎が言い、八百亀が、

「小夜様、この江戸広しといえども青正の隠居とうちの親分の後見がある人間なんてそういるもんじゃございませんや。お二人にお任せなさるこったねえ」

と勧めた。

「このように物事がとんとんと進んでよいものでございましょうか」

「人には隠し持った運がありますのさ、永塚小夜様と小太郎様はそれをお持ちだった。ならばそれを精々利して、大きな花を咲かせなせえ」

小夜がしばし瞑想《めいそう》し、両眼を見開いた。そして、姿勢を正すと、

「ご隠居様、親分さん、お願い申します」

と平伏した。

二

金座裏に宗五郎ら三人が戻ると居間に寺坂《てらさか》毅一郎《きいちろう》の姿があって、おみつが小太郎を遊ばせていた。

「青正の隠居がいい話を持ち込んでくれたって。どうだったえ」

毅一郎が顔を上げて三人を迎えた。

「青正にあんな離れ家があるなんて知りませんでしたよ。なかなか趣《おもむき》のある住まいでしてね、永塚小夜様と小太郎様が近々引っ越すことに決まりました」

「ほう、そいつはよかった」

「お役人どの、お蔭さまをもちまして江戸での暮らしの目処が立ちそうです」

と小夜が和《おだ》やかな笑顔《えがお》を居間に残しておみつから小太郎を受け取り、姿を消した。授乳でもする気のようだ。

「小夜様のほっとした笑顔を初めて見たよ」

おみつが自分の肩の荷を下ろしたような気分で言った。

「そりゃあそうだ、住まいばかりか仕事まで見付かりそうなんだ」

宗五郎が毅一郎とおみつに青正での経緯《いきさつ》を詳しく話した。

「おやおや、青正の隠居ったら、小夜様にうってつけの仕事まで用意していたのかえ。こりゃあ、八百亀大明神だねえ、小夜様と小太郎様は八百亀に足を向けられないねえ」

おみつの冗談を小夜が小太郎を抱えて居間に戻る廊下で耳にして、

「おかみさん、真《まこと》にもって八百亀どのを初め、金座裏の親分、青正のご隠居様と世話になりました。小夜はこのような親切を受けるに相応《ふさわ》しい女であろうかと先ほどから自問しているところです」

「小夜様と小太郎様の人徳だねえ」

とおみつが笑い、

「小夜様、験《げん》のいい日ってのは重なるもんですよ」

「おかみさん、これ以上なにかございますか」

「北町奉行所から春風が吹いてきましたよ」

「おおっ、早決定が出たか」

おみつの言葉に宗五郎が掛け合った。

「金座裏、八重樫が残した金子《きんす》の全《すべ》てではないがな、当人が懐に入れていた五両二分を江戸でのただ一人の知り合い、永塚小夜さんに下げ渡すことがお奉行直々のご判断で決まった。これだ」

と毅一郎が懐から袱紗《ふくさ》包みを小夜の前に差し出した。

「お役人どの、親分、小夜が頂戴《ちょうだい》してよい金子とは思えぬ」

「小夜様には複雑な金子かもしれませんな。そなたを慕っていた八重樫七郎太が命を賭《と》して稼いだ金子の一部だ。そなたが知らぬうちに小太郎様の産着《うぶぎ》の間に残した三十

余両は四ッ目屋の隠居の十三両など、返す相手がございます。残りの金子の始末には
ちと時がかかりましょう。寺坂様が尽力なされてお奉行がよかろうと申された金子だ、
江戸暮らしの金子に自由にお使いなせえ」
　宗五郎は江戸で生きていく親子にいくらかでも下げ渡しができないかと毅一郎を通
じて願っていたのだ。
「金座裏が申したとおりだ」
　と袱紗包みを小夜の前にすいっと押しやった。
「なにからなにまで世話になりました」
　小夜の瞼《まぶた》が潤《うる》んだ。が、必死で涙を零《こぼ》すことを我慢した。
「おまえさん、青正に引っ越すと鍋釜茶碗の類《たぐい》はご隠居の姉様が残されたものを使う
として、小太郎様の衣類などあれこれ要るよ。小夜様を伴い、買い求めてこようと思
うのだけどいいかねえ」
「そいつはいいや。松坂屋をまず訪ねてみねえ、絹物ばかりというわけでもあるまい、
手ごろな晒《さらし》なんぞがあるかもしれねえぜ」
「そうだねえ、松坂屋に相談してみようかねえ」
　とおみつは小夜と買い物に行く気だ。

「なにからなにまで面倒をかけまする」

女たちが慌ただしく話し合い、早速出かけることになった。

「住まいは整い、仕事は青正の隠居の返事待ち、どうやらこの親子は江戸に落ち着けそうですねえ」

おみつと小夜が小太郎を伴い、出かけた後、八百亀が毅一郎と宗五郎に言った。

「これでさ、江戸は事もなしとなれば万々歳だがな」

と毅一郎が言い出した。

「旦那、なんぞ厄介《やっかい》ごとですかえ」

「うーむ、内輪の話でな、宗五郎に相談があるのさ」

「旦那、わっしはこれで」

と八百亀が座を外そうとした。

「八百亀、おめえには聞いておいてもらおう」

金座裏の番頭格の手先が頷くと座り直した。

「二人とも筆頭与力新堂宇左衛門《しんどううざえもん》様のご嫡男《ちゃくなん》が見習に出ておるのは承知だな」

筆頭与力は年番方与力ともいい、与力の頭に当たる。

南北両奉行所には各々《おのおの》二十五騎の与力が配され、総勢およそ五十騎を数えた。

この五十騎のなかには奉行自身が連れてくる内与力四人が加わった。ゆえに与力は南北でそれぞれ二十三騎ということになる。

町奉行所の与力同心は譜代ではなく外様、直参旗本《じきさんはたもと》とは身分が異なった。それだけに代々世襲という習わしを保ち、自分たちの身分を守った。

与力に男子があればまず見習に出て、本勤並に昇格し、一ヶ年二十両の手当てを頂き、その内、親の跡を継いで二百石取りの与力になった。この見習、本勤並は二十五騎外だ。

与力自身に男子がなくば養子の手続きをとり、まずそれが認められた。同心も似たような経過で親の職を受け継ぐことができたのだ。

南北与力五十余騎、同心二百五十余人、嫁をとったり、婿《むこ》にやったりと、

「八丁堀」

という小さな社会を形成していた。それだけに無能な子が親の職を受け継ぐこともあり、与力に喩《たと》えれば五十騎のうち半数が有能、残りの半数は、

「昼行灯《ひるあんどん》」

と呼ばれる力のない役人であったのだ。

筆頭与力に選ばれる者は無能では務まらない。

北町奉行筆頭与力（年番方）新堂宇左衛門は若き頃から敏腕ぶりを発揮した町方で一時は、

「北町に新堂あり」

と恐れられた人物だった。

「孝一郎《こういちろう》様でございましたな」

「おおっ、それだ」

宗五郎は奉行所で何度か会う機会があった。

父の風貌《ふうぼう》を受け継ぎ、なかなか偉丈夫《いじょうふ》な体付きであったがどこか双眸《そうぼう》が定まらない印象を感じていた。むろん見習の間は緊張のしどおし、あちらこちらと目配りするのは当たり前のことだ。だが、そんな挙動とも違う落ち着きのなさを感じていた。

「此度、見習から本勤並にという上申があったそうな。だが、一部から異論が出た」

「ほう、町奉行所にしては珍しいことですね」

「聞いたこともない」

と毅一郎が言った。

宗五郎は同心の寺坂毅一郎の、

「相談」

が未だ推測つかなかった。

同心の世襲の心配を与力がするのであればなんとなく納得もいった。上役の、それも筆頭与力の嫡男の相談とはなにか、その見当がつかなかった。

「今泉修太郎《いまいずみしゆうたろう》様に密《ひそ》かに呼ばれてな、寺坂、金座裏に密かに願ってみよと命じられたのだ」

今泉修太郎は若手の吟味方《ぎんみかた》与力で、その実力は今や北町に欠かせぬ存在であり、奉行の小田切土佐守直年《おだぎりとさのかみなおとし》にも強い信頼を得ていた。また修太郎の父宥之進《ゆうのしん》の代を含めて金座裏とは深い交わりがあった。

「今泉様からの御用にございますか」

宗五郎はようやく得心した。

「今泉様も新堂家の世襲を気にかけておられてな、それで同輩が出るよりは町方の金座裏に一肌脱いでもらおうという心づもりなのだ」

「わっしに役が回ってきた事情はなんとなく分かりました。新堂様のご嫡男はどんな厄介に巻き込まれておられるのです」

孝一郎は二十一歳、女かなと宗五郎は思った。

「発端は今泉様の許《もと》に密かに届けられた手紙だ、それがこれだ」

毅一郎は懐から半紙を何重にも折り畳んだ文を出してみせた。
「ぎんみ方よ力いまいづみさま
見習よ力しんどうこういちろう、本きんなみしょうしんのうわさあり
もしほんとなればきた町をあげてのさわぎとならん
ぶぎょう小田切さまのはらかっきってもおさまるまい
なんばんわたりのくすりとはくわばらくわばら」
わざと筆跡を隠すために利き手ではないほうで書いたか、大きさも不ぞろいで筆跡も酷《ひど》く、一見無学の者が書いた手紙に見受けられた。
「このような文は奉行所には毎日何通も投げ込まれる。だがな、この文、明らかに奉行所内部の者が書いた手紙と今泉様は考えられた。そこで密かに一人で調べられたそうな」
「孝一郎様が南蛮渡りの薬を常用している証拠を摑《つか》まれましたか」
毅一郎が顔を横に振った。
「なにしろ役所では見習は与力同心どもに緊張しての奉公だからな、なかなか証拠など見付からぬ。だが、今泉様はこう申された、確かに新堂孝一郎の言動、常人よりも激しい起伏がある、躁のときは顔じゅうに汗をかいて喋《しゃべ》りおり、動き回られるとか。

おれたちのような外廻りではまず分からぬことよ」

「一概にそれが薬のせいとは言い切れますまい、見習が必死なのは当然のことにございますからな」

「金座裏、おれの推測ではなにか証拠の如《ごと》きものを今泉様は手に入れておられると思う。だが、それを出せば筆頭与力新堂家の身分に傷がつき、ひいては世襲に影響が出ると手元に押さえておいでのような気がする」

「この文を出した人物に今泉様は心当たりがございましょうかな」

「ただ今、北町では世代替わりの時期を迎えておる。ゆえに新堂孝一郎様の他に二人が見習に出ておられる」

「普通に考えればこの二人が文を投函《とうかん》したと思えますな」

「だれよりも見習の文字をとり、本勤並になりたいのは人情だからな。ただ他の二人が文を出したという証拠はなにもない。また、二人の人柄を考えるにこの線はないのではないかと申しておられた」

宗五郎はしばし思案して、

「今泉修太郎様にとっても厄介な文でございますな」

と呟《つぶや》いた。

「下手をすれば新堂家、今泉家が相争い、共倒れするやもしれぬわ」

「今泉様の御命はどんなものにございますかな」

「筆頭与力の嫡男に対する讒訴《ざんそ》ゆえ奉行所内部の者が動くのは難しい、宗五郎親分がここは一肌脱いで、孝一郎様の身辺を探ってはくれまいかということだ」

「小田切様はご存じのことにございますか」

「今泉様は金座裏の探索を待って奉行に上申するかどうか判断されるようだ」

「大変な役目を仰《おお》せつかりましたな」

「これぱかりはそなたが頼りだ」

「孝一郎様はどんなお方にございますか」

「八丁堀では幼き頃から新堂家の嫡男は文武に優れた神童と評判でな、父上の宇左衛門様も厳しく育てられ、期待もしておられる。それだけに当人にはいろいろと重しになっておるのかもしれぬ」

「文武と申されましたが剣術は八丁堀の道場ですかえ」

「いかにもさようだ。おれは八丁堀の道場が窮屈で赤坂田町の神谷道場に鞍替《くらが》えしたが孝一郎さんは一筋らしい。筋も悪くないと聞いたがねえ」

八丁堀には町奉行所与力同心さらにはその子弟が通うように武道場があった。道場主は元南町奉行所同心の久恒上総《くどうかずさ》で宗五郎とも顔見知りの仲であった。

「承知しました」

「今泉様が金座裏には申す要もなきことじゃが、新堂親子に内偵を覚《し》られないようやってほしいとの注文であった」

「相分かりました」

毅一郎は肩の重い荷を下ろしたようなほっとした顔をした。


八丁堀の道場と呼ばれる江戸町奉行所八丁堀道場は地蔵橋《じぞうばし》のかたわら北島《きたじま》町の角にあった。

金座裏の宗五郎は政次を連れて、八丁堀道場を訪れた。政次は豊島屋の名入りの角《つの》樽《だる》と竹籠《たけかご》を提げていた。

寺坂毅一郎から厄介な頼みを受けた日の夕暮れのことだ。

道場はひっそりとして稽古の様子はなく、道場と隣接して建てられた長屋に道場主の久恒上総と内儀の二人が暮らしていた。

久恒は小野派一刀流の流れを汲《く》む剣術の達人で棒術、槍《そう》術、薙刀などにも造詣《ぞうけい》が深かった。そんなわけで同心の職を早々に倅に譲り、当人は八丁堀の道場主という天職に専心してきた。

訪《おとな》いを告げる宗五郎の声に着流しに袖無《そでな》しを着た久恒自ら姿を見せて、

「おや、珍しい人物が姿を見せたな」

「久恒様、お久しぶりにございます」

「金座裏が隠居所のようなところに顔を見せるとはどんな風の吹き回しだ」

「近くまで御用で参りました。そこで久恒様にうちの跡継ぎをご紹介申しておこうと連れて参りました。政次と申して駆け出しにございます」

と宗五郎が訪問の口上を述べた。

「おおっ、松坂屋の手代《てだい》から金座裏に引き抜かれた若者じゃな。赤坂田町の神谷道場には町人ながらなかなかの腕前の若者がおるときいたが、金座裏、この若い衆がそうか」

久恒は政次の面構えを確かめるように見た。

「丈右衛門先生の弟子には間違いございませんが青二才、棒振りをようやく覚えた程度にございますよ」

「謙遜《けんそん》を致すな」

と笑った久恒が、

「まあ、上がれ」

と小さな家の奥座敷に親子を招いた。台所で内儀が夕餉《ゆうげ》の仕度の最中で、

「おい、金座裏が倅どのを連れて挨拶に見えられた。角樽持参じゃあ、茶碗を三つ持ってこい」

と久恒が叫ぶと白髪《しらが》交じりの頭髪をひっ詰めた刀自《とじ》が、

「それはおめずらしい」

と命じられるままに茶碗を持ってきた。

政次が、

「おっ養母《か》さんにさざえが手に入ったからと持たされました。お手間でしょうが久恒先生の夕餉の菜に加えて下さい」

と角樽と一緒にさざえの入った竹籠を刀自に渡した。

「おや、まあ、かたちの揃った見事なさざえですよ、おまえ様」

「二人では食いきれぬほど持参したな。酒はこっちだ」

と酒好きな久恒が角樽を貰《もら》い受けた。

「金座裏、頂戴ものでわるいが豊島屋と知れば我慢ができぬ」

久恒は膝《ひざ》の上に角樽を傾けて、器用に栓を抜き、茶碗に注《つ》ぎ分けた。

「十代目が決まって一安心じゃな。まずは目出度《めでた》い」

「有り難うございます」

久恒の祝いの言葉に宗五郎は茶碗の酒に口をつけてぐびりと飲んだ。

政次は茶碗に口をつけただけで置いた。

「金座裏、おまえさんが倅の披露に来ただけとは思えない。用はなんだ」

「へえっ」

と答えた宗五郎は、

「迷いましたがねえ、久恒様のお人柄は同心時代から承知だ。単刀直入にお尋ねするのが礼儀に失しねえと思いまして、かように親子で雁首《がんくび》を揃えました」

「申せ」

久恒は茶碗の酒を少し啜《すす》った。

「北町筆頭与力新堂様のご嫡男孝一郎様は久恒様のお弟子にございますね」

「いかにも」

「ただ今見習から本勤並への昇進に差し掛かられたところにございます」

「なんぞ不都合があったか」

「ちと異を唱える文がございましてな」

「北町では内々のこと、金座裏がなんとか処置せよと厄介事を押し付けられたか」

宗五郎が苦笑いした。

「北町が金座裏、そなたに白羽の矢を立て、なんとか穏便に事を済ませようと望んだのも、自らが乗り出そうとしない体質も元同心ゆえよう分かる。八丁堀のことだ、互いが手をつけない不文律が働いたせいよ。金座裏は貧乏籤《びんぼうくじ》を引かされた」

「………」

「宗五郎、おれも孝一郎のことは案じておった。あやつが変わったのは半年も前からだ。なぜ変わったか、その事情は深くは知らぬ。知っておっても師匠のおれの口から言うわけにはいかぬ」

宗五郎は黙っていた。

久恒は一旦口にしたらきっちりと守る同心だった。それは与力同心や子弟たちに得意の武術を教える今も変わりあるまい。

宗五郎は正攻法で行き過ぎたかと思った。

「宗五郎、そなたがどのような人柄か、おれは承知だ。決して新堂家の為にならぬことはすまいという推測も持っておる。それでも孝一郎のことは話せぬのだ」

宗五郎は頷くと、

「久恒様、ご不快な気持ちにさせましたな。忘れて下さい」

と残った茶碗酒を飲み干した。

二人を久恒が玄関先まで見送りに出た。

「金座裏、さすがに豊島屋だな、香りも風味も違うわ」

「喜んでいただいてようございました。それじゃあ、わっしらはこれで」

「ふーむ」

と答えた久恒の視線がふと政次に止まり、言った。

「政次、神谷丈右衛門どのの秘蔵っ子だそうだが、深川永代寺門前町《えいたいじもんぜんちょう》に居合いと手裏剣の名手、鉄矢広方《てつやひろかた》と申す剣客が道場を構えておるそうな。訪ねてみよ、勉強になろうぞ」

三

二人はその足で大川を渡ることにし、南茅場町《みなみかやばちょう》の船着場に急いだ。

永代寺門前町はその町名が示すとおり、寛永四年（一六二七）に八幡宮別当《はちまんぐうべっとう》永代寺が創建《そうこん》されたのを切っ掛けに幕府から拝領地として与えられた大川河口左岸だ。

元々は大川の岸辺と江戸湊《みなと》が入り混じった湿地だ、大雨が降れば一帯は水浸しになった。

幕府は明暦《めいれき》元年（一六五五）に、

「町中の者、川筋へはきだめのごみ捨て申すまじく候。船にて遣わし、永代島へ捨て申すべく候」

という江戸市中のごみを永代島に集めて造成をしようと試みた。

江戸の中心ではごみを堀に放り込んで済ましていた。だが、ごみは不衛生の上に運河を詰まらせ、度々水害を引き起こした。そこで左岸の深川にごみ処理場を設け、さらに土地をかさ上げして造成しようという一石二鳥の案を考え出した。

そんな土地に最初は漁師が多く住んで、浜十三町と呼ばれていた。時代が下るとともに漁師町の風情より永代寺の門前町として落ち着いてきた。とくに町内の北側には料理茶屋が軒を連ねて、永代寺と富岡八幡《とみおかはちまん》の参拝客の楽しみの一つとなり、里では拾二軒と呼ばれたりした。

またこの界隈には表櫓《おもてやぐら》横櫓など深川七里と呼ばれる遊里が夜ともなれば赤い灯を点《とも》して客を待ち受けていた。

南茅場町の河岸で猪牙舟《ちょき》を拾った二人は大川を渡り、深川佐賀町《さがちょう》に口を開く堀から水路が縦横に開削された深川に入り込んだ。

猪牙舟を捨てたのは永代寺の門前、その名も門前町だった。

宗五郎と政次親子には鉄矢広方の道場に心当たりはなかった。二人はまず門前町の番屋を訪ねると老爺《ろうや》が行平《ゆきひら》でおかゆを炊いていた。

「爺《じい》様、腹を壊したかえ」

番屋守に宗五郎が声をかけると老爺がしょぼしょぼした両目を見開いて確かめていたが、

「金座裏の親分さんかえ」

「いかにも宗五郎だ」

「親分さん、そうじゃねえや、歯が抜けてかたい飯が喉《のど》に通らねえからね、ここんところおかゆばかりだ。人間、かたいまんまが食べられねえようでは仕舞いだねえ」

「そう諦《あきら》めたもんではねえぜ、探す気なら楽しみなんぞはいくらもあらあ」

「歯が抜けちゃあ、色気もなにもあったもんじゃねえ、酒がただひとつの楽しみだねえ」

「ほれ、みねえ。一つ楽しみが残っていりゃあ、生きるに十分な理由だぜ。たっぷりと飲んであの世にいきねえ」

宗五郎が一分《ぶ》を番屋の老爺に握らせた。

「長生きするものだねえ」

と歯が抜けた顔をくしゃくしゃにした老爺が縞《しま》の巾着《きんちゃく》に小粒をしまいながら、

「親分さん、門前町に御用かえ」

と聞いた。

「この界隈に居合いと手裏剣を教える道場があると聞いてきた、承知かえ。あんまり大きな道場ではあるまい」

「筒《つつい》井流の鉄矢先生の道場だな」

「鉄矢なんて名はそうあるもんじゃねえ、まずそれだ」

「鉄矢道場は門前町じゃねえ、門前山本町亥《い》ノ口橋そばにあらあ。数年前までは閑古鳥が鳴く道場だったがねえ、今はさ、若い門弟が詰め掛けていらあ」

「商売繁盛とは道場主が替わったか」

「いや、鉄矢先生が横櫓《よこやぐら》の女のおちえといい仲になり、おちえを落籍《ひか》せてさ、道場の裏手の家を借り受けなさって女郎をおいて客をとるようになった後、急に弟子が増えたんだ。今じゃあ、川向こうから稽古に名をかりて通ってくる門弟が増えた。なあに、楽しみがあるからね、若い衆は熱心だ」

「川向こうだと。本所近辺の土地っ子は通わないか」

「通いたくても北割下水《きたわりげすい》の御家人の倅には束脩《そくしゅう》を納めることができめえ、貧乏が通り相場だ」

「鉄矢様はそれほどの腕利きか」

「それがさ、鉄矢先生に習うと急に手が上がるとか、肝が据わるそうだ。居合いも手裏剣もなかなかの繁盛でさ、昼間から稽古の声が賑やかに響いているぜ」

「それにしても道場と曖昧宿の二足の草鞋《わらじ》とは初めて聞くな。江戸広しといえども他にはあるまい」

「だから流行るのさ。鉄矢先生よりおちえが商売上手、策士かもしれねえな、親分さん」

「ちょいと覗《のぞ》いていこう」

と答える宗五郎に、

「親分、余計なお世話だが、なりがよくないよ」

と老爺が言った。

「親分さんは貫禄が有り過ぎだ。そっちの若い衆と羽織《はおり》で歩いてみねえ、直ぐに御用聞きの親分と知れるぜ」

「この格好じゃあ、不都合か」

「鉄矢道場に近付くとさ、なにかと揉《も》め事《ごと》に巻き込まれるよ。近頃じゃあ、鼻薬のせいもあろうが、この界隈の親分は見て見ぬふり、素通りだよ」

「一工夫いるかえ」

宗五郎が答えながら、古着屋が店を開けている刻限ではないなと考えていた。

老爺が目をしょぼつかせて、宗五郎と政次親子を見ていたが、

「近くの竹屋の職人が夜逃げしやがった。そんときのぼろ着だのなんだのが裏に残っていらあ、一応水は通してあるがね」

「借り受けよう」

老爺は行平を火から下ろすと二人を番屋の裏手に連れていった。

店賃が払えず裏長屋から夜逃げした連中が残していったぼろ着が番屋の裏手の土間に積んであった。湿気臭いぼろから袷と腰の抜けた帯を選んだ宗五郎は職人の親方風に、

「石屋角茂」

の名入りの半纏《はんてん》を重ねた。

政次は竹屋の職人が残していった継ぎのあたった単衣《ひとえ》に冷や飯草履《ぞうり》を突っかけた。

髷《まげ》に手を突っ込んでぼさぼさと乱すと、まあ、深川の裏長屋住まいの親方と職人と

いえなくもない。

ぼろ布に金流しの十手と銀のなえし、二つの得物《えもの》を合わせて菰《こも》に包んで政次が小脇に抱えた。

「親分、亥ノ口橋を渡った門前仲町に破れ提灯《ちょうちん》を下げた飲み屋があらあ、猫が何匹も屯《たむろ》しているからさ、直ぐに分かる。猫屋の親父とは因縁があらあ、門前町の番太、梅《うめ》之《の》助《すけ》爺からと言えばなにかと役に立つかもしれねえや」

「爺様、助かった」

金座裏の金看板は背負っていても深川は縄張り外だ、金流しの十手の威光を借りるわけにもいかない。

ところが久恒上総が永代寺の門前山本町と門前町と取り違えていたお陰で探索の切っ掛けがつかめた。

仕事帰りの親方と職人がさも疲れたという風に背を丸め、足をずるずると引きずるようなだらしない歩き方で、富岡八幡宮から永代寺に広がる門前を東から西へと抜け、永代寺門前山本町に入っていった。

およその見当がついたせいで筒井流鉄矢道場とその裏手に隣接した曖昧宿は直ぐに見付かった。

道場から稽古の気配はなかった。だが、建物の二方は路地に面した小さな道場だ、板壁の向こうから人の話し声が伝わってきた。

二人は道場の広さ四、五十畳と見当をつけた。

裏手の曖昧宿との間に三十坪余りの明地《あきち》がありそうだ。裏手に回ると道場と曖昧宿はその明地で繋《つな》がっていると推量された。

曖昧宿の名は、

「深川色里川端楼《かわばたろう》」

と行灯看板から知れた。

川端楼は低い二階家で、その昔は漁師宿であったか、石垣の一角が堀に面して小舟が舫《もや》ってあった。

戸を閉め切った隙間《すきま》から赤い灯が洩《も》れてきた。

風が緩やかに堀から曖昧宿に向かって吹き上げていた。二人はさも普請場《ふしんば》から長屋への帰り道というふうに曖昧宿の表へと回った。すると格子戸のはめ込まれた門の中に人の気配がした。

「政公、しっかりあるかねえか」

「親方、腹が減ってあるけねえよ」

「家まで我慢しねえな」
二人が力のない会話を続けながら門の中を覗くと暗がりに、
ぽおっ
と煙草《タバコ》の火が点《とも》った。すると甘酸っぱいような香りが薄く漂い流れてきた。
二人は亥ノ口橋を渡り、破れ提灯を探した。だが、それを路地奥に探し当てる前に猫の鳴き声が響いてきた。
猫屋は店の中よりも裏路地に立ったり、空樽に腰を下ろしたりして酒を飲む客が多かった。外で飲む客が与える食べ物を目当てに猫が六、七匹集まって、
みゃうみゃう
と時折鳴き声を上げた。
宗五郎と政次は猫屋の縄暖簾《なわのれん》を潜《くぐ》った。せいぜい五、六坪の土間のあちこちに酒の空樽が置いてあり、客はそこへ酒と肴《さかな》を置いて立ち飲みするようだった。
猫屋の売りは魚のあら炊きのようで、腹の減った二人には煮炊きの匂《にお》いがなんとも美味《おい》しそうに感じられた。
「親方、酒とあらをくんな」
宗五郎が注文した。

ねじり鉢巻をした親父は四十前後か、老番太の知り合いというので年寄りかと考えていた宗五郎の当てが外れた。

無口そうな大男が大根と魚のあらの煮物を二人の前にどーんと出した。酒は鼻を垂らした小僧が運んできた。

「へえっ、上酒一丁！」

器は縁《ふち》の欠けた茶碗だった。

「まず一杯だ」

宗五郎は口のほうから茶碗へと迎えに行き、一滴も垂らすまいという風情《ふぜい》で飲んだ。

政次も茶碗を鷲摑《わしづか》みにして、ぐいっと飲み、

「うめえ」

と洩らした。

「見かけねえ面だねえ、普請場がこの近くか」

猫屋の親父が宗五郎の羽織った石屋の半纏を確かめ、ぼそりと聞いた。

「そんなとこだ」

と答えた宗五郎が、

「門前町の年寄り、梅之助爺様がこの店を訪ねな、酒も肴もまあまあだと教えてくれ

たんだ」

猫屋の親父の目が油断なく光り、二人の風体《ふうてい》を改めた。

「驚いた」

と猫屋が呟く。

「驚いたとはどういうこった」

「梅之助なんて名を久しぶりに聞いたからよ」

「因縁があると言っていたがねえ」

猫屋の親父の顔がぐいっと宗五郎に寄せられ、

「だれだか知らないが、しばらく辛抱しねえ。用件はあとだ」

と囁《ささや》いた。その顔がすいっと離れ、

「へえっ、いらっしゃい」

と表に叫びかけた。

政次が表を見ると若い侍が四人仁王立ちになり、

「親父、酒だ！」

と中の一人が叫んだ。どうやら鉄矢道場の門弟たちのようだ。

宗五郎も表を見た。

四人とも旗本、あるいは定府が長い大名家の家臣の子弟のようで品もなりも悪くなかった。稽古の後、喉の渇きを癒《いや》しに来たか、そんな様子だった。

宗五郎も政次も曖昧宿を併設する道場と身分のある武家の子弟との落差を訝《いぶか》しく感じていた。

この四人ならばそれに相応《ふさわ》しい道場が川向こうにいくらもあるはずだ。だが、わざわざ深川まで足を延ばすにはそれなりの理由があろうとも考えていた。

四人の若侍は酒が運ばれてくるのを待ちかねたようにぐいっと飲み干した。

ふうっ
「稽古の後の酒はよく回る」

「和之進《かずのしん》、そう一息に飲むでないぞ。この前のようにそなたを抱えて橋を渡るのは真っ平御免だ」

「屋敷は永代橋を渡ればすむこと、面倒なれば猪牙舟を雇おう」

「金子の持ち合わせがあるのか」

「ない」

「そなたはいつも空っけつだな」

「おれが父上の跡を継いだ暁には何倍にしても返してつかわす」

「おぬしの親父どのは御番衆の中でも体だけは丈夫と評判のお方だ。そう直ぐに跡は継げぬぞ」

「おれもそれで困っておる」

若侍たちの会話は遠慮もない。稽古の後の酒が直ぐに回ったか、一段と声高になり、話は鉄矢道場の稽古に移った。

「おい、団蔵《だんぞう》、ちと聞きたい」

「なんだ、改まって」

「昇段試験の春木田之助《はるきたのすけ》様じゃが、なぜあのように急速に居合いの腕を上げられた。鉄矢先生が真剣を構えておられる内懐に入り込み、一気に引き抜かれた筒井流横一文字の迅速なこと、おれはびっくりしたぞ」

「急速に進歩なされたな」

「構えられたときの両眼の鋭い光は尋常ではなかった、いつもの春木様とは違っておったな」

「なにか物の怪《もののけ》が憑《つ》いたようであった」

「あれなれば修羅場でも存分に腕を発揮なされよう」

しばし四人は沈黙して酒を飲んでいた。

それまで黙って仲間の話を聞いていた小柄な若侍が声を潜めて言った。それは宗五郎と政次の耳に届かなかった。だが、仲間が大声で応じた。

「いかにも峻次郎《しゅんじろう》、そなたが申すとおりだ。居合いにしろ手裏剣にしろ精神を集中して一点に力を集め、技を放つものだ。春木様のように凡庸であった人がなぜあのような踏み込みができるのか、さらには横一文字などという大技を習得できたか、おれも訝しく思っておる」

「しいっ、声を落とせ」

と峻次郎と呼ばれた若侍が制した。

「峻次郎、おれはな、春木様が昇段試験を前に鉄矢先生の座敷に呼ばれたことと関わりがあると思う」

どんぐり眼《まなこ》の団蔵が言った。

「どういうことだ」

「春木様はなにか勇気が出て、気が集中するようなものを与えられたのではないか。川端楼では南蛮渡りの躁亢丸《そうこうがん》なるものを客に飲ませるという話だぞ」

「馬鹿《ばか》を吐《ぬ》かせ」

「これ以上の話は止《や》めておいたほうがよい。明日、道場でどのようなことが起こっても知らぬぞ」

と峻次郎が再び仲間を制した。

「そうだな、おれたちはまだ川端楼の女を抱かせてもらってもおらぬからな。稽古料だけを何ヶ月も払い続けて、道場を追い出されてもかなわぬ」

これが門弟が雲集し道場が繁盛する理由のようだ。

「行こう」

四人は急に立ち上がり、峻次郎が酒代を払いに店に入ってきた。差し料も持ち物も大身《たいしん》の子弟のものだった。鷹揚《おうよう》にも支払いを済ませた峻次郎は仲間のところに戻った。

「親方、ちょいと夜風に当たってくるぜ」

政次が宗五郎に断り、菰包みから銀のなえしを密かに抜くと手にした。

ふいっ

と出て行く姿を猫屋の主《あるじ》が黙って見送っていたが、

「親父が自分の名を名乗って送り込んできたおまえさんは何者だ」

と聞いた。

「なにっ、番屋の年寄りはおめえさんの親父どのか」

「若い頃から親不孝のし続けで親父に何度勘当されたか分かりゃあしねえ。三十を過ぎてようやく落ち着いた。となると今度は親父が顔を出さないや、倅の世話になりたくないとさ。その親父が珍しくも御用聞きを寄越しやがった」

「名はなんだ」

「猫屋の親父でこの界隈では通っていらあ。親がつけた名は世吉郎《よきちろう》だ」

「世吉郎さん、金座裏の宗五郎だ」

「金流しの親分か、どうりで十手持ち嫌いの親父が送ってきたわけだ」

と世吉郎が得心した。

「狙《ねら》いは鉄矢道場かえ」

「知り合いの倅どのがどうやら鉄矢道場の魅惑に嵌《はま》ったようでな、その方を救い出すのがおれの御用だ」

「鉄矢広方様はそう悪い人物じゃねえ、どちらかというと堅物《かたぶつ》だ。それが二年も前に横櫓の女郎の手練手管《てれんてくだ》に引っかかった」

「おちえだな」

「承知か。話が早いや。門弟の少ない道場の裏手に曖昧宿を設けてさ、弟子を三人、五人と連れてきた門弟には女を抱かせるようにしたのがおちえの考えでさ、急に門弟が増えやがった。おちえの頭がいいところはさ、本所近辺の御家人や浪人を相手にしなかったことだ。先ほどの四人のように大身旗本か勤番侍もそれなりの身分の者しか相手にしねえ。おちえは曖昧宿を買い取り、今や、妓楼《ぎろう》の女主気分で帳場に座っているという話だよ」

「鉄矢広方様よりおちえが道場と曖昧宿の主か」

「おちえには兄というやくざ者が付いていやがる。兄妹と信じているのは鉄矢の旦那くらいだろうぜ。おちえの間夫《まぶ》だよ、木場《きば》の三五郎《さんごろう》はさ」

「木場の三五郎だと」

「木場で鳶口《とびぐち》もたせたら三五郎の右に出る者はいないという川並《かわなみ》だったがね、気性が荒い男でねえ。何人も仲間に怪我《けが》を負わせて木場を追われた男だ。こいつが横櫓のおちえといい仲になり、さらに鉄矢先生を騙《だま》して、今や鉄矢道場と川端楼の軍師様だ」

四

鉄矢道場の若い門弟四人は掘り抜かれた堀が錯綜《さくそう》する深川の河岸道の一つを大川河口に架かる永代橋へと急いでいた。

春の夜、風に冷たさが残っていた。

そのせいで酒が冷めたか、くしゃみを立て続けにした者がいた。佐賀町から大川端へと出た四人の足がふいに止まった。

行く手に着流しの影が立ち塞《ふさ》がっていた。細身で総髪、片手を懐に入れていた。

「だれだ」

四人のうちの一人が誰何《すいか》し、別の声が、

「三五郎どのではないか」

と言いながら、

「なんぞ用か」

と聞いた。

「皆様にちょいとご忠告申し上げたくてね、お待ち申しておりました」

「忠告とはなんだな」

和之進と猫屋で呼ばれていた若侍が言葉の調子を変えた。

「煮売り酒屋であぁ大声を出されて鉄矢道場の内情を喋られては、聞く人に変な誤解を生みまさあ。今後、気をつけてくれませんか」

「三五郎、われらは友同士だ、酒屋で和気藹々《わきあいあい》と仲間内の話をしたとてそなたに一々注文をつけられる筋合いはない。それとも三五郎、おまえと妹、なんぞ秘密があるのか」

「やはり、どうも口が過ぎますぜ」

「三五郎、われらは鉄矢道場の門弟、鉄矢広方様と師弟の約定《やくじょう》はなしたが、そなたとはなんら関わりがない。ちと僭越《せんえつ》に過ぎようぞ」

「聞き入れてもらえませんかえ。おまえ様方の屋敷に迷惑が及んでも知りませんぜ」

「今度は脅しか、三五郎。その方《ほう》らこそ昇段試験に臨まれる春木様に躁亢丸なる秘薬を一服与えて尋常では考えられぬ力を引き出したのではないか」

三五郎が、

ふふふっ

と笑った。するとそれが合図か、七、八人の影が闇《やみ》から忍び出た。

「三五郎、なにをする気だ」

「おまえさん方の考え違いを正そうというのさ。腕の一、二本も叩き折って大川の水で頭を冷やそうかねえ」

「吐《ぬ》かしおったな」

和之進たちも闘争の構えをとった。

だが、三五郎一味は喧嘩《けんか》慣れしていた。素早く四人を囲み、匕首《あいくち》やどこから持ち出

した か、本身の短槍《たんそう》を突き出した。

闇に光る男たちの目はぎらぎらと光り、尋常ではなかった。命を賭《か》けた戦いの恐怖心が微塵《みじん》も感じられなかった。薬かなにかのせいで捨てさせられていた。

無言でじわりと輪を縮めた。

「峻次郎、団蔵、初太郎《はったろう》、切り崩してなんとしても川向こうまで走るぞ」

恐怖を覚えたのは四人の若侍たちだ。和之進の声に仲間たちが一斉に剣を抜いた。

「心得た」

大川の川岸が急に緊迫した。

三五郎が懐から鳶口を出して構えた。

「若様剣法がなまくらだということをとくと教えますぜ。そんとき、泣き言いっても遅うございますぜ」

「やくざ者の七人や八人、なにするものぞ」

腰の引けた和之進がそれでも強気の言葉を吐いたが、先ほどまでの勢いは感じられなかった。

戦いは相手に飲まれた方が負けだ。

「和之進、どうする」

と団蔵の声が震えていた。

「もはや遅いや」

と三五郎が言い、

「こやつらを叩き伏せ、四人の身柄と交換に屋敷から金を強請《ゆす》りとるか、面倒なればこの大川に投げ込むか、考えを変えた」

三五郎の乾いた声を合図に短槍を構えた手下が気配もなく和之進の背から突き刺そうと突進した。

その瞬間、夜空を裂いてなにかが飛び、そいつが、
がつん！

と短槍を構えて突っ込もうとした男の横鬢《よこびん》を直撃してその場に昏倒《こんとう》させた。

輪が崩れた。

「だれだ」

と三五郎が叫び、

「お節介者ですよ」

と円環に結ばれた平紐《ひらひも》を引き戻して銀のなえしを片手で受け止めた政次が答えた。

闇を透かした三五郎は、

「てめえは猫屋にいた客だな。怪しげな野郎だとは思っていたが岡《おか》っ引《ぴ》きの手先か」

「いかにも御用聞き、金座裏の宗五郎の倅、政次だ。そなたらが扱う南蛮渡りの躁亢丸とやらが気になってな」

三五郎の口から、
糞《くそ》っ！

という罵《のの》り声《ごえ》が洩れ、

「殺せ」

と手先たちに感情を排した声で命じた。

半数の男たちが政次に狙いを変えた。

「和之進様方、いいですか。こやつらを引き止めます、その隙に橋を渡り、屋敷にお戻りになって下さいよ。今夜限りで、鉄矢道場通いは止めにして下さいな、よろしいですね」

政次の声が諭すように言い、

「承知した」

と和之進のほっとした声が答えた。

「最後まで気を抜かないで下さいよ」

「相分かった」

助勢が現われて和之進たちが急に元気づいた。

政次の正面の男が匕首を腰溜《こしだ》めにして突っ込んできた。

間合いを正確に計ると政次は銀のなえしの切っ先を相手の喉元に突っ込んだ。

ぎえぇっ！

喉が潰《つぶ》れたか、凄《すさ》まじい絶叫が大川端に響いた。

それを合図に戦いが始まった。

和之進たちにも男たちが襲いかかり、四人の若者も必死の防戦に努めた。

政次は銀のなえしを右に左に振るい、たちまち二人、三人と南蛮渡りの麻薬に恐怖心を薄れさせた男たちを叩き伏せた。

「糞ったれが」

三五郎が鳶口を構えた。

政次はそれを目の端で牽制《けんせい》し、今一人和之進たちに襲い掛かろうとした男の首筋になえしを叩き込んだ。

くえっ

と奇妙な声を洩らして腰から崩れ落ちた。

政次が扱うなえしに五人が戦いから手を引かされていた。

残った仲間がさすがに立《た》ち竦《すく》んだ。

「和之進様方、今ですよ。大川を一気に渡られるのですよ」

「かたじけない、金座裏」

若侍たちが剣を構えたままにその場を引き、永代橋へと走った。

三五郎がちらりと四人の逃走を見たが、もはや残った手先を追わせる余力はこれ以上なかった。

「金座裏の倅といったな、名はなんだ」

「政次でございますよ」

「呉服屋の手代から金座裏に養子に入ったという男の話を聞いていたが、おめえか。この礼は必ず返すぜ」

「三五郎、そのときはおまえが伝馬町《てんまちょう》の牢屋敷に引き立てられるときだ」

「吐かせ」

政次はなえしを構えたまま、和之進たちが走った大川端へと退いた。

三五郎は政次が叩き伏せた子分たちを足で蹴って息を吹き返させていた。それを睨みながら、政次は永代橋を振り見た。

常夜灯の明かりに抜き身を煌《きらめ》かせながら、四人の若侍が必死に向こう岸へと走っていく姿が浮かんだ。

政次は心の中で、

（よし）

と頷いていた。

金座裏ではいつものように朝の清掃から住み込みの手先たちの日課が始まった。この朝は八百亀も一緒で常丸《つねまる》や亮吉《りょうきち》たちと一緒に路地の掃き掃除に精を出した。

「八百亀の兄い、親分も若親分も昨晩《ゆんべ》は戻ってこなかったようだな。どこに行かれたんだ」

「独楽鼠《こまねずみ》、おれも知らないな」

「八百亀の兄いが知らないということはあるめえ。いつ戻ってくるんだよ」

「一晩や二晩留守したからってどうしたこともあるめえ。おかみさんもしほちゃんも悋気《りんき》を起こしてねえのに手先があれこれと煩《うるさ》いぜ」

「ちえっ、悋気だって。御用なら御用というがいいじゃねえか」

「どぶ鼠、手先が疎《おろそ》かになっているぞ、箒《ほうき》が止まったままだ」

亮吉の箒がようやく動き出した。

朝餉の後、八百亀の姿も金座裏から消えた。宗五郎、政次、そして、八百亀までいなくなり、金座裏はひっそり閑とした時間が流れた。

その夕暮れ、鎌倉河岸の豊島屋に亮吉が姿を見せ、大旦那の清蔵《せいぞう》、しほ、小僧の庄《しょう》太《た》が出迎えた。

「あら、亮吉さん、元気がないわねえ」

「親分も若親分も八百亀の兄いもどこかへ消えちゃったんだ。なんだかおかしいと思わないか、しほちゃん」

「だって御用は密かな探索だってあるんでしょう。仕方ないわ」

「御用ならさ、亮吉、ついてこいと言うがいいじゃないか。金座裏の腕っこきがこうして暇をもて余しているんだぜ」

「どぶ鼠、役目役目があらあ、どぶ鼠の役どころがくればいやでも親分さんが命じなさるさ」

「ちえっ、大旦那までそんなことを言って。これじゃあ、講釈の種にもならないじゃないか。いいのかえ、そんなことで」

清蔵はなにより捕物話が好きで、読売に書かれる前に亮吉の口から聞き出そうといつもせがんでいるのだ。

「今度の探索が内々なれば致し方ないよ」

「亮吉さん、元気を出しなさい。こんなときは豊島屋の下り酒が特効薬よ」

「一人で飲んでもつまらないや」

と亮吉は政次も彦四郎もいない店を眺め回した。

「独楽鼠、女剣客親子はどうしている」

「ああ、青正のご隠居が口を利いてくれた林道場の師範役に就かれて張り切っておられらあ。金座裏からも出られて青正の離れ家住まいを始められたよ」

「これでまた江戸暮らしの人間が増えたな」

と清蔵がしみじみと言った。


永代寺門前山本町と門前仲町を結ぶ亥ノ口橋下に苫《とま》がけの荷船が止まって二晩が過ぎた。

五つ前の刻限、猪牙舟が横付けされた。

船頭はなんと北町定廻同心寺坂毅一郎の扮装姿で、継ぎの当たった縞木綿《しまもめん》に股引《ももひき》を穿《は》き、頬被《ほおかむ》りをしていた。

黙って苫がけの荷船に潜り込んだ毅一郎が、

「金座裏、新堂孝一郎どのが間もなく姿を見せるぜ」

と言った。

苫船に男たち三人がいた。金座裏から姿を消した宗五郎、政次、それに八百亀の三人だ。

「退屈してたところですよ。今晩にも片をつけたいもので」

「鉄矢道場と川端楼はどうだ」

「政次がひと暴れしたせいか、ひっそりとしたもので」

「金座裏、どうするな」

「どうするもこうするも孝一郎様にちょいときつい灸《きゆう》を据え、川端楼は叩き潰すしか手はございますまい」

「孝一郎どのが深入りしておらねばよいがな」

南蛮渡りの躁亢丸の中毒にかかっておらねばよいがと毅一郎は案じた。

「孝一郎様の加減次第では手配した山科屋《やましなや》の寮に運び込みましょうか。目を覚ます時間が要りましょうからな」

「うちは四人か」

「まあ、捕物は戦《いくさ》と一緒だ、数じゃございませんや。相手の出鼻をくじけばなんとかなりましょう」

宗五郎が平然と答えていた。

「親分」

と鉄矢道場の表を見張っていた八百亀が宗五郎を呼んだ。

「来たか」

四人は苫の隙間から河岸を見上げた。すると北町奉行所筆頭与力新堂宇左衛門の嫡男孝一郎が姿を見せ、鉄矢道場の門内を覗き込んだ。森閑とした道場の気配に深川色里川端楼へと回り、格子戸の中に何事か呼びかけた。しばらくすると格子戸が開き、孝一郎は川端楼へと消えた。

それから二刻（四時間）余り時が流れた。

川端楼に何人かの客が入った。だが、客が入ったわりには川端楼の中は静まり返っていた。

九つ（午前零時）の時鐘《じしょう》を聞いて、四人は行動を起こした。

毅一郎は猪牙舟に打ち込み用の長十手を用意してきていた。

宗五郎は言わずと知れた金流しの十手、政次は銀のなえしを携え、八百亀は捕縄《とりなわ》を懐にして、三尺ばかりの棍棒《こんぼう》を手にした。

苫船を川端楼の船着場に移動させ、川端楼の裏口に積まれた天水桶《てんすいおけ》を足場に政次が乗り越え、戸を開いた。

川端楼の戸の隙間から赤い光と一緒に女の嬌声《きょうせい》が伝わってきた。どこか狂気にまぶされた低い笑い声がまじった。

八百亀が庭を横切り、一番端の雨戸の下に小刀を突っ込み、外した。

風が屋内へと吹き込み、赤い光が揺れた。

若い女の声が誰何《すいか》した。

「だれですね」

廊下に階段が見えた。政次は階段へと駆け上がった。

宗五郎が続いた。

天井の低い廊下に三間ほど座敷が並んでいた。

政次は最初の襖《ふすま》を開いた。

紅殻《べんがら》の壁の座敷に若い男と遊女が奇妙な煙管《キセル》を吸い合っていた。とろんとした双眸《そうぼう》は阿片かなにかに耽溺《たんでき》していることを示していた。そのせいか宗五郎と政次が姿を見せても関心を示さなかった。座敷の壁に大小が立てかけられ、身分は武家ということを示していた。

隣部屋から女の高笑いが響いた。

宗五郎と政次は次の座敷に移った。

すると笑い続ける十七、八歳の遊女の裸の背に顎を乗せた新堂孝一郎がどろんとした視線で二人を見た。それでも意識は幾分残っているのか、

「どこかで見た顔だ。おおっ、金座裏の宗五郎だな」

と聞いたが、舌はよく回っていなかった。

「孝一郎さん、迎えに来ましたよ」

「金座裏、八丁堀には帰らぬぞ」

「致し方ございません、お立ちなさい」

と手を差し伸べる宗五郎を煙管で払った孝一郎はそれでも気だるそうに上半身を起こした。

甘酸っぱい香りを放つ煙管を吸うためだ。

「ちと荒療治が要りますな、御免なすって」

宗五郎の金流しの十手の先が孝一郎の鳩尾《みぞおち》に突っ込まれ、娘の裸の背の上に崩れ落

ちた。娘がそれでも笑い続けた。

政次は孝一郎の持ち物を衣類に包むと片手に提げ、ぐったりとした孝一郎を肩に担ぎ上げた。

「船に運びます」

「頼もう」

政次は廊下から狭い階段を下った。階下では毅一郎と八百亀が孝一郎を探していた。

「寺坂様、身柄を確保しました」

「よし」

と毅一郎が答えたとき、鉄矢道場の方から大勢の足音が響いた。

政次は庭へと飛び降りた。すると、
ぱあっ
と明かりが走った。

「おめえか」

木場の三五郎の声がした。明かりが政次の担いだ孝一郎の顔あたりに当たった。

「筆頭与力の倅はこれから役に立ってもらうんだよ、横取りされてたまるか」

と三五郎が吐き捨てた。

政次は孝一郎を足元に下ろすと、

「兄さん、頼もう」

と八百亀に預けた。

毅一郎と政次を三五郎と手先、それに鉄矢広方と思える武家が囲んだ。そのかたわらには裾《すそ》を乱した女、おちえがいた。

「鉄矢先生にございますな」

「その方、町方か」

「へえっ、ですが、見てのとおりの格好だ。曰《いわ》くがあってこの若者を引き取りに来ただけだ。見逃してくれますまいか」

「他人の家に押し入り、ちと図々しいな」

「鉄矢様、ならば申し上げます。門弟に躁亢丸とか申す南蛮渡りの薬を与えて、恐怖心をなくし、昇段試験を受けさせるなんぞは武芸を志す者がするこっちゃあございませんや。技と気構えは稽古で培《つちか》うものにございますよ」

「だ、黙れ」

鉄矢広方は動揺していた。

「目を覚ましなせえ。おちえって女狐《めぎつね》はあなたを利用しているだけだ。兄と称する三五郎はとうの昔からおちえと男と女の仲だ」

「言うな！」

鉄矢広方が喚《わめ》き、三五郎が鳶口を立てて構えた。

その前に政次が銀のなえしを手に立ち塞がった。

二人の間合いはすでに一間を切っていた。

「木場の鳶口がいかに恐ろしいか見せてやるぜ」

三五郎が鳶口をぐるぐると回し始めた。

政次は静かに立っていた。

そのとき、宗五郎が庭に姿を見せた。

三五郎の腰が沈み、右肩を前にして長身の政次の胸に鳶口をぶちかますように突進してきた。

政次が踏み込んだ。

三五郎の鳶口が回転しながら政次の鬢を狙った。

銀のなえしが一瞬光に変じて翻《ひるがえ》り、飛び込んでくる三五郎の眉間《みけん》を、
発止！

と打った。

鳶口となえし、速さが違った。

肉と骨を打つ鈍い音が響いて、三五郎の手から鳶口が吹っ飛び、それがおちえの顔面を襲った。

げえぇっ！

三五郎の硬直した体がくねくねと折れ曲がるように倒れ込み、口から血反吐《ちへど》を吐いて痙攣《けいれん》した。おちえも後ろ向きに倒れていた。

「さ、三五郎さん」

顔面を鳶口に襲われ、血を流したおちえが叫び、必死で三五郎の体に這《は》い寄ると抱きついた。

「おちえ、そなたは……」

鉄矢広方は眼前で起こった出来事に呆然《ぼうぜん》としていた。

「政次、あとのことは寺坂様と八百亀とおれで始末をつける。孝一郎様を例の場所に運び込め」

「承知しました」

政次が再び孝一郎の体を肩に抱えると深川色里川端楼から姿を消した。

「金座裏、始末をつけようか」

「合点承知の助でさあ」

毅一郎と宗五郎が動き出し、八百亀が捕縄を懐から出した。

第五話　渡り髪結文蔵

一

深川《ふかがわ》の鞘番所《さやばんしょ》（大番屋）に鳶口《とびぐち》で怪我《けが》をした深川色里川端楼《かわばたろう》の女主《おんなあるじ》のおちえ、町道場主の筒井流鉄矢《てつや》広方《ひろかた》、川端楼の抱え遊女七人が連れ込まれ、北町奉行所から吟味方《ぎんみかた》与力《よりき》の今泉《いまいずみ》修太郎《しゅうたろう》が出張《でば》って、迅速な取り調べが行われた。また川端楼に残された客は寺坂《てらさか》毅一郎《きいちろう》と宗五郎《そうごろう》らに身分を調べられ、屋敷に使いが行って、用人らが駕籠《かご》や船で慌てて迎えに来た。

客の大半が大身旗本《たいしんはたもと》、大名家の高禄の家臣の子弟で改めて北町奉行所から沙汰《さた》が発せられることになっていた。

当然のことながらその客の中には北町の筆頭与力新堂《しんどう》宇左衛門《うざえもん》の嫡男《ちゃくなん》孝一郎《こういちろう》の姿はなかった。

深川の永代寺《えいたいじ》門前《もんぜん》を騒がした事件が起こった夜が明け、その昼過ぎには宗五郎と八《や》百亀《おかめ》が一旦金座裏《きんざうら》に戻った。だが、政次《せいじ》の姿はなかった。

夕暮れ、豊島屋《としまや》に亮吉《りようきち》と彦四郎《ひこしろう》が連れ立って顔を出した。亮吉のいま一つはっきりとしない顔付きを見た清蔵《せいぞう》が、

「しほちゃんに聞いたが親分と八百亀は戻ってこられたそうじゃないか。亮吉、浮かない顔だねえ」

「大旦那、若親分はどうして戻ってこねえんだ」

「御用の後始末が残っているんだろうよ、親分はなんと言ってなさる」

「それが冷たいのさ、一言も留守にした理由も若親分がどこにいるかも申されないのさ」

「宗五郎さんが言葉にされないということはさ、なんらか事情があるからだろうよ。今度の一件だけは独楽鼠《こまねずみ》、根掘り葉掘り聞かぬことだねえ」

「親分子分でも駄目かねえ」

「必要なら言いなさるさ。止《や》めておくことです」

と、いつもは亮吉に探索の話をせがむ清蔵が制した。

その頃、政次は新右衛門町《しんえもんちよう》の小間物屋山科屋《やましなや》の小梅村《こうめむら》の寮にいた。

木場の三五郎《さんごろう》がどこからか仕入れてきた南蛮渡りの躁亢丸《そうこうがん》や阿片の魅力に取りつかれた新堂孝一郎は、鉄矢道場に通うふりを装いながら川端楼で幾種類かの麻薬に耽溺《たんでき》していた。

切っ掛けは居合いの技を向上させるためと与えられた躁亢丸の一粒だった。

孝一郎は衝撃を受けた。

与えられた一粒の効果で頭が冴え冴《さ》《ざ》えとして、間合いが一厘単位で読みきれると驚愕《きようがく》した。また、師匠の鉄矢の持つ真剣の脅威が薄れ、恐怖心も消えていた。

技は一発で決まった。

(おれは名人上手ではないか)

孝一郎は見事に決まった技に酔った。それは躁亢丸が生み出す力と分かっていてもつい頼ることになった。超人的な集中を生み出す躁亢丸は孝一郎の体に害も及ぼした。代償として気だるい疲労感に襲われた。そのことを鉄矢師に訴えると、

「それなればおちえの兄の三五郎がな、よき薬を持っておる」

と川端楼に行かされた。

話を聞いた三五郎とおちえが、

「新堂様、それはねえ、厳しい稽古《けいこ》の疲れが体の芯《しん》に凝り固まったせいですよ、この

煙草《タバコ》を吸ってご覧なさいな」

と甘酸っぱい香りがする刻み煙草を勧められ、吸った。しばらくすると陶然《とうぜん》とした酔いと弛緩《しかん》がやってきた。頭の凝りがふわりと溶解して気分が楽になった。

「どうですねえ、新堂様」

「これはよい、体が休まるぞ」

「こちらにお出《い》でなさい。もっと疲れがとれますよ」

おちえに手を取られた孝一郎は川端楼の二階に誘い込まれ、抱え遊女のおまきという娘の部屋に入れられた。阿片で陶然とした孝一郎におまきの手が触れるとびりびりと全身に官能の刺激が走った。

南蛮渡りの薬と若い女の魅惑に取りつかれた孝一郎は、最初こそ、

（かようなことに溺《おぼ》れてはならぬ）

と戒めて道場の稽古が終われば直《す》ぐに橋を渡って戻ろうとした。だが、川端楼の赤い灯につい目を止めると、それに吸い込まれるように二階座敷の、おまきの許《もと》へと上がっていた。

躁亢丸と阿片の交互の常用は薬が切れたときに異常な発汗作用と焦燥感を起こさせた。それを抑えようとするとさらに苛立《いらだ》ちが募った。特に緊張して御用を務める奉行

所で感情が爆発しそうになった。だが、孝一郎は必死で自制しようとした。すると汗がだらだらと流れて不安に駆られた。

奉行所の同僚に不審の目を向けられるようになり、その目から逃れるためにまた川を渡った。

孝一郎は鉄矢道場の稽古に通うと自らの心をも偽りながら、その実、川端楼の阿片とおまきの肉体に溺れきっていた。

そんな折、寺坂毅一郎、宗五郎、政次、八百亀の四人が深川色里川端楼に乗り込み、政次が孝一郎の身柄を確保して密かに新右衛門町の小間物屋山科屋の寮の蔵に連れ込んだのだ。

山科屋の寮を借り受けるよう交渉したのは宗五郎自身だった。

山科屋の主の長右衛門《ちょうえもん》に宗五郎は、

「深い事情はお話しできませぬが長右衛門さん、小梅村にお持ちの寮をしばらくお借りできませぬか。いえ、座敷ではなくて蔵で結構なんですよ」

「金座裏、この正月には金座裏の政次若親分に助けられました。寮の蔵がお役に立つなら自由にお使いなさい」

と、なんに使うか訊《き》こうともしないで許しをくれたのだ。

山科屋の初売りの品が船ごとすり替えられて盗まれ、長年続く山科屋の名物の初売りは駄目かと諦《あきら》めた。

そのとき、政次が指揮して摂津《せっつ》河内《かわち》から遠出をしてきた悪たれ一統を捕まえ、初売りの品も一点も欠けることなく取り返していた。

山科屋ではその礼にと政次に銀のなえしと菊文金銀びらびら簪《かんざし》を贈っていた。

宗五郎は解毒が必要ならば新堂孝一郎を八丁堀から遠く離れた小梅村の山科屋の寮の蔵に運び込んで行おうと考えていたのだ。

だが、孝一郎が陥った罠《わな》の全貌《ぜんぼう》が直ぐに分かったわけではない。

今泉修太郎直々に出張り、鞘番所で自らおちえらを吟味した内容と、孝一郎が体力を回復し、正気を取り戻した後に証言したことなどで判明したものだ。

政次は薬の禁断症状と自分がなしたことの罪の意識に苛《さいな》まれる孝一郎に付き添い、数日間は悪戦苦闘した。

同時に宗五郎が伴ってくる蘭方医《らんぽうい》石巻玄周《いしまきげんしゅう》の忠言に従い、解毒の治療が慎重に行われた。

その間、北町奉行所与力見習新堂孝一郎は病気のためとの理由で休職の願いがなされていた。

そんな日々、とある早朝に宗五郎と玄周とともに新堂宇左衛門が姿を見せて、孝一郎の憔悴《しょうすい》しきった様子に愕然《がくぜん》とした。

もはや父親に隠しきれるものではない。宗五郎が宇左衛門と会い、事情を告げたのだ。孝一郎の家出に心当たりを探させていた宇左衛門は、安心すると同時に事態の重さに驚愕した。

一時は新堂家の廃絶も覚悟した。だが、宗五郎が説得を重ね、日を置いて孝一郎に面会することにした。

怯《おび》え切った孝一郎は父親の顔をまともに見ようとはしなかった。

「宗五郎、これほどまでとは……」

宇左衛門は言葉を失った。

蘭方医が政次からその日の様子を聞きながら、薬を調合した。

「お医師、孝一郎の体と心、元に復しようか」

父親がまずそのことを聞いた。

「あのような薬の中毒にかかった者は正直申し、なんの特効薬も治療方法もございませぬ。今は体内から薬を抜いて薄め、体力を回復させることが重要でしてな、絶対に新たに薬を与えてはなりませせぬ。解毒が終わった後からほんとうの治療が始まります。

心身ともに健康を取り戻すには当人の強い意思と周りの理解と根気が大切かと思います」

「時間がかかるとな」

「かかります。だが、ここで焦ると病人は再び薬に手を出します」

宇左衛門が力なく頷《うなず》いた。

「新堂様、政次を当分孝一郎様に付き添わせます。若い者同士話し合い、悩みを打ち明け合いながら治療に当たればおのずと道も開けましょう」

「金座裏、政次、新堂宇左衛門、このとおりじゃあ」

と宇左衛門は両手を膝《ひざ》に付け、腰を深々と折って頭を下げた。

「新堂様、お頭を上げて下さい。役宅に戻られてからが孝一郎様の勝負にございます」

「金座裏、幼き孝一郎にわしはちと厳しすぎたやもしれぬ。それもこれも当人のためと思うてしたことであったが」

「孝一郎様も父上のご期待に応《こた》えようとなされた、その結果が悪いほうに出たようだ」

「金座裏、孝一郎ともどもわれら新堂家が一丸となるしかないな」

「仰《おつしや》られるとおりにございますよ」

と宗五郎と宇左衛門が頷き合った。


新堂孝一郎の寮での解毒治療は十日ほどで終わった。躁亢丸と阿片の常用をそう長期間続けていなかったことが幸いした。

だが、解毒の終わった孝一郎は生気を失い、魂が抜けた人間のようでふらふらとした歩き方しかできなかった。

早朝、政次は孝一郎を起こすと散策に連れ出し、堀の間に田圃《たんぼ》や雑木林や寺が広がる長閑《のどか》な小梅村を歩かせた。最初は直ぐに、

「政次、疲れた」

と腰を下ろしていた孝一郎だが、政次の激励に少しずつ少しずつ歩く距離を延ばした。すると当然腹も減った。山科屋に戻ると住み込みの寮番の老夫婦が用意した朝餉《あさげ》を美味《おい》しそうに食べた。

体力は徐々に戻ってきたが、一旦傷ついた精神《こころ》はなかなか回復しようとはしなかった。

「政次、おれはもう八丁堀には戻らぬ。父上の跡を継いで、筆頭与力になることなど

無理じゃあ」

　と泣き言を繰り返した。

「孝一郎様、それではなにをなさりますな」

「なにを申しておれにはなんの能もないわ」

　と頭を抱えて落ち込んだ。

　政次は数日様子を見た上で荒療治を敢行することにした。

　早朝七つ（午前四時）の刻限に孝一郎を起こすと小梅村の周りを走ることを命じた。

「なにっ、このような刻限から走れというか」

「はい。政次もご一緒しますゆえお願い申します」

　孝一郎は嫌々走り始めた。だが、四半刻（約三十分）とは続かなかった。

「ふうふう」

　と肩を弾ませて息をした孝一郎が、

「政次、そなたは赤坂田町《あかさかたまち》の神谷丈右衛門《かみやじょうえもん》様の門弟じゃそうな」

「ご存じかどうかは知りませぬが私は呉服屋の手代《てだい》から金座裏に転じた者にございます。養父がそのことを気にして、胆《たん》を練るようにと神谷先生の許に稽古に通うことを命じたのです。町人の素人芸です」

「謙遜《けんそん》致すな、金座裏の十代目はなかなかの腕前と聞いたことがある」

「孝一郎様、寮に戻り、二人で稽古を致しませぬか」

「なにっ、打ち込み稽古をしようと申すか」

「孝一郎様の体力の回復にもお役に立ちましょう。政次に筒井流の居合いを教えて下さい」

「そうだな、一日なにもすることはないからな」

孝一郎は政次相手に体を動かしてみるかと誘いに乗った。

山科屋の蔵の前に数十坪の明地《あきち》があった。

二人が稽古場に選んだのはここだ。

政次は山科屋の心張棒《しんばりぼう》を二本用意して明地で孝一郎と素振りから稽古を始めた。

孝一郎は奉行所で耳にした、

「金座裏の十代目の剣術はなかなかのもの」

という噂《うわさ》をほんきにしたわけではなかった。御城近くに一家を構える古町町人《こまちちょうにん》は、二代目の宗五郎の勲功以来、金座の長官後藤家《ごとうけ》から贈られた金流しの十手《じって》の親分として将軍家公認であった。

そんな御用聞きの家に養子が来て、噂に尾ひれがついたと孝一郎は高を括《くく》っていた。

だが、素振りをする挙動の美しきこと、滑らかなこと、さらには心張棒が空気を裂く迅速さ、目を瞠《みは》った。

「そなた、なかなかやるな」

孝一郎は腹に力を溜《た》めて心張棒を振り始めた。すると直ぐに腰がふらついた。

「まだ薬が残っておるな」

言い訳した孝一郎は自ら、

「政次、立ち合い稽古をせぬか」

と申し込んだ。

「お願い申します」

政次は心得たとばかり用意していた三尺四、五寸に切った竹棒の一本を孝一郎に渡した。

「政次、そなた、用意がよいな」

「申しましたように松坂屋《まつざかや》で小僧から奉公致しました。周りを見て、常に先の先を考えて動く、五体に染み込むほどに叩き込まれてきました」

「奉公のせいか」

孝一郎は、先も手元も節もきれいに削られた竹棒を振り、

「よし」

と己に言い聞かせるように気合いをかけた。

政次も孝一郎も六尺豊かな長身であり、細身だった。だが、細身の中身が違っていた。

政次は無駄な脂肪を落とした筋肉質、しかもしなやかさを感じさせる五体だった。

片方は薬のせいで痩《や》せた体で腰に安定が感じられなかった。

二人は相正眼《あいせいがん》に構え合った。

その瞬間、孝一郎の全身に恐怖が走った。

政次の姿が巌《いわお》のように感じられたのだ。

(なに糞《くそ》っ、たかが呉服屋の奉公人上がりではないか)

眩暈《めまい》がしてくらくらと頭が揺れた。

八丁堀で幼少の頃から文武両道、

「北町の筆頭与力の倅《せがれ》は神童」

と評判を得て育ってきた孝一郎だった。

恐怖心を振り捨てて政次の面を取りに行った。

ふわり

と躱《かわ》され、小手を、
びしり
と叩かれた。

うっ
思わず取り落としそうになる竹棒を必死で握り締め、

「浅い浅い」

と虚勢を張った。

「確かに浅うございましたな」

と政次が応じた。

二人は再び構え合った。

「参ります」

政次が今度は先に動いた。

正眼の竹棒が翻《ひるがえ》り、肩口と胴を続けざまに叩かれた。

「また浅うございましたな」

と政次が言ったが孝一郎には全く政次の動きが見えなかった。それに軽く当てられたと思えた竹棒がしなやかにも肩口と胴に巻き付くように打たれ、

ずうーん
と体の芯に響いてよろめいた。

「糞っ！」

孝一郎は叫びながら竹棒を上段に翳《かざ》して突進した。すると政次の攻撃が両の肩を叩き、さらに胴を抜き、両小手にきた。

孝一郎は腰をふらつかせてよろけた。もはや彼我《ひが》の力の差は歴然としていた。

竹棒を引こうとしたが、

「未だ体の芯にあたっておりませんな」

と政次が言うと、さらに体じゅうのあちこちを叩かれた。もはや腰は浮き上がり、体がゆらゆらと揺れていた。

「政次」

「なんでございますな」

「もはや決した」

「いえ。決してはおりませぬ。互いが音を上げるまでの勝負にございますぞ」

政次は宣言するとさらに孝一郎を攻め、攻め立てた。

「政次、参った。降参じゃあ」

「北町の筆頭与力を受け継ごうとなされる方がこのようなことでどうなさいます。政次から一本取るまでは手を緩めませぬ」

「なにっ！」

憤怒《ふんぬ》の表情に変わった孝一郎が必死で体勢を立て直し、反撃に移った。それを散々政次が打ち据えた。

孝一郎が足をふらつかせ、倒れると気を失った。すると政次は非情にも井戸端から水を汲《く》んできて、孝一郎の顔にぶちかけ、蘇生《そせい》させた。

「一手未だ取られておりませぬ」

「糞っ！」

孝一郎はもはや武家の体面をかなぐり捨てて必死の形相《ぎょうそう》で政次に挑みかかっていた。それを政次が容赦なく叩き伏せた。

ふらついた孝一郎の竹棒が偶然にも政次の肩を掠《かす》った。

「一本！　見事お取りになりました、孝一郎様」

孝一郎は政次の声を聞くと、

ばたり

とその場に倒れて気を失った。

二

政次が金座裏に戻ってきた。

江戸は穏やかな一日が暮れようという春の宵《よい》で、常丸や亮吉ら金座裏の若い手先は豊島屋に出かけていた。

政次はまず宗五郎に会い、新堂孝一郎が体力をほぼ回復したことを報告した。

「あとは孝一郎様の意志次第だな」

「明日の朝から神谷道場に通いたいと申しておられます。まず朝起きができるかどうかに屋敷での暮らしの第一歩がかかっておりましょう」

「当人が神谷丈右衛門様の許に稽古に通いたいと言い出しただけでも回復の兆《きざ》しは大いに見えたというものだ。ともかく新堂家でも気長に見守っていくしかあるまい」

宗五郎も政次も、

「八丁堀の神童」

と持ち上げられた孝一郎の弱点を見抜いていた。

父の宇左衛門が厳しかった反面、周りがちやほやと接し、孝一郎はついついそれに甘えて手を抜く術《すべ》を知らず知らずのうちに身につけてしまった。

父の跡を継いで町奉行所に見習として出仕するようになってすべて自分で決しなければならないことに直面し、戸惑いが起きた。それまでの順境が裏目に出たのだ。

このことが此度の薬に頼った原因の一つと二人は考えていた。

「政次、ご苦労だったねえ。亮吉たちも心配してるよ、豊島屋に顔を出してやんな。口には出さないがしほちゃんもだいぶ案じているようだからねえ」

と二人の話が終わった頃合、居間に姿を見せたおみつが政次に言い、酒代の入った巾着《きんちゃく》を持たせた。

「おっ養母《か》さん、あちらでは金子《きんす》を使う暇もございませんでした。お金は残ってございます」

「亮吉たちが口を開けて待っているよ。それにここんところ亮吉の支払いが豊島屋さんに滞《とどこお》っている様子だ、ついでに精算してやんな」

とおみつが政次を送り出した。

政次が龍閑橋《りゅうかんばし》を渡ると、夕暮れの鎌倉河岸《かまくらがし》の船着場にしほが佇《たたず》んで八重桜の幹に片手をかけて何事か念じていた。

しほは心配ごとがあったり、願いごとがあったりすると老桜の幹に片手を触れて、瞑目《めいもく》して心の中で念じる習わしがあった。

八代将軍吉宗《よしむね》のお手植えの八重桜は享保《きようほう》二年（一七一七）から八十余年、鎌倉河岸の盛衰を見てきていた。

「しほちゃん」

そっと政次が声をかけるとしほが幻聴を聞いたかのように身を竦《すく》めさせ、怯えた。

そして、ゆっくりと瞼《まぶた》を開いた。

二人の視線が交わった。

しほの顔色に喜色が走った。

「心配かけたね」

「政次さん、お帰りなさい」

しほの桜に触れていた片手が政次を確かめるように差し出され、政次が握った。

「政次さんだわ」

「政次だよ」

「もう戻ってこないかと思った」

「私の在所は鎌倉河岸、家は金座裏だ。必ず戻ってくるよ」

しほが政次の手を握り返し、

「よかった」

と呟き、亮吉さんたちが待っているわと言い足した。

「あいつがどこへ行っていたって煩《うるさ》いだろうな」

「手薬煉《てぐすね》ひいているもの」

「しほちゃんも私がどこに行っていたか知りたいかい」

「それはそうだけど。でも、おかみさんに言われたの。御用には聞いちゃいけない、知ろうとしてはいけないことがあるって」

政次は大きく頷いた。

「行こう、しほちゃん」

政次としほはもう一度手を握り合うと放し、豊島屋に小走りに駆けていった。

「政次だ！」

と叫ぶ亮吉の声が店に響きわたり、

「間違った。若親分が帰ってきたぞ！」

と叫び直した。

豊島屋では常丸を始め、金座裏の若手の手先たちや彦四郎が清蔵と何事か談笑しながら酒を飲んでいた。

「若親分、お帰りなさい」

手先たちが一斉に声を揃《そろ》えた。

「心配かけてすまなかったね」

と政次が常丸らに頭を下げ、

「亮吉、おっ養母さんから財布を託《ことづか》ってきたよ」

と言った。

「おっ、これで清蔵様の顔をおどおどと窺《うかが》いながら飲まずに済むぞ」

「独楽鼠、おまえが一度だって溜まった付けのことを気にかけたことがありますか。溜めて当たり前という、ふてぶてしい態度は豊島屋の客のなかでも一番です」

「そうだそうだ」

と応じたのは兄弟駕籠の繁三《しげぞう》だ。

いつもの顔が清蔵の周りに集まり、政次の帰ったのを喜んでくれた。

「ちえっ、駕籠屋はなにも分かってねえな。おれはよ、心の中じゃあ、申し訳ないと思って清蔵様に手を合わせているがよ、それが顔に出ちゃあ、客商売の豊島屋さんの景気に障《さわ》らあ。じっと我慢の子でよ、にこにこと顔で笑って飲んでいるんだよ」

「顔で笑って心で泣いて、むじな長屋のどぶ鼠か」

「ようも言いやがったな」

と立ち上がった亮吉が、

「若親分、一体全体どこに行っていなさったんだよ」

と聞いた。

「亮吉、御用のことだ。親分に聞いてくれ」

と政次に受け流された。

「ちえっ、他人行儀だぜ。むじな長屋で育った仲、内緒と言われれば腹に納める術も承知の亮吉様だがねえ」

むくれる亮吉の言葉に清蔵が、

「亮吉に話したら明日には鎌倉河岸じゅうの人が承知ですよ」

と一蹴《いっしゅう》して、一座がどっと沸いた。

「若親分、まずは一杯」

小僧の庄太《しょうた》が熱燗《あつかん》の酒と酒器を運んできた。そして、

「おれの仕事はここまでだ。しほ姉ちゃん、あとは頼みます」

と徳利をしほに、大ぶりの盃を政次に渡した。

「亮吉と庄太、大人はどっちと聞かれれば亮吉と答える人はこの界隈ではおるまいな」

「いないいない」

と全員が繁三の言葉に賛意を示した。

「なんて信用がねえ亮吉様だ。しほちゃん、熱々のところを一杯」

と空の盃を差し出したが、

「政次さんが先よ」

とここでも断られた。ともかく豊島屋では政次が二十日ぶりに戻ってきたことにだれもが喜んでいた。

政次はしほに注がれた酒を口に含み、しみじみと、

(鎌倉河岸が私の故郷)

だと改めて思った。


翌朝、赤坂田町の神谷道場に政次が到着したとき、暗い門前に新堂孝一郎の佇む姿があった。

「よう参られましたな、孝一郎様」

「母上が気になされて何度も起こされた」

二人は門を潜ると道場では朝の最初の日課が始まろうとしていた。道場の広い床の

拭《ふ》き掃除だ。

早速孝一郎も政次を見習い、住み込み門弟たちの掃除に加わった。元々剣術道場の雰囲気をよく知った孝一郎だ。直ぐに溶け込んだ。

「政次、だいぶ稽古を休んだな」

「政次さん、あとで稽古を願います」

掃除の合間に門弟たちから次々に言葉がかかり、

「怠けた分、頑張ります」

「こちらこそお願い申します」

と政次が答えた。

孝一郎は江戸で名高い神谷道場で政次が門弟たちに信頼され、慕われていることを自分の目で知り、八丁堀の道場と鉄矢道場で有頂天になっていた自分を恥ずかしく思った。

掃除が終わる刻限、神谷丈右衛門が道場に姿を見せた。

政次はまず丈右衛門に長いこと稽古を無断で休んだことを詫《わ》びた。

丈右衛門は門弟の寺坂毅一郎から政次が御用で当分稽古に通えないと聞かされていたので、

「政次、ご苦労であったな」

と労《ねぎら》った。

「先生、今朝は北町筆頭与力の新堂宇左衛門様のご嫡男孝一郎様を伴いました。孝一郎様は神谷道場の朝稽古に通いたいとのことですが、お許し願えますか」

と断った政次は孝一郎を呼んで神谷丈右衛門と引き合わせた。

「剣術は八丁堀の道場で研鑽《けんさん》を積まれたか」

「はい。少しばかりかじりました」

うーむ
と答えた丈右衛門は孝一郎の面構えをしばし見て、

(政次の御用はこの若者と関わりがありそうだ)

と推測をつけたがそのことには触れず、

「わが道場は来る者拒まず去る者もまた追わずが決まり、新堂孝一郎どの、お好きになされよ」

と道場での稽古を許した。

「有り難き幸せにございます」

いつの間にか神谷道場には、通いの門弟を含め、七、八十人が稽古着姿で集まっていた。

孝一郎は道場の広さと門弟の数の多さにまず驚いた。

政次はまず心に弱さをもつ孝一郎を神谷道場で稽古を積ませることで鍛え直そうと考えていた。

「政次、さすがに神谷道場、門弟衆が多いな」

孝一郎が驚きの様子で政次に言った。

「半刻もすれば数はこの倍を大きく超えておりましょう」

「なんと」

「孝一郎様、竹刀《しない》を握れば身分もなにもございませぬ。だれにでも声を掛けて稽古を願って下さい」

と政次が目でだれか孝一郎の稽古相手に適当な人物はと探していると、

「政次、新堂どのの筋を拝見しようか」

となんと神谷丈右衛門が曰《いわ》くのありそうな孝一郎を名指しした。

孝一郎が呆然《ぼうぜん》と政次を振り見た。

「孝一郎様、このような機会は滅多《めった》にあるものではございません。先生のご指導を願っておいでなさい」

と尻を押した。

「よし」

と自らを鼓舞《こぶ》するように孝一郎が寛政《かんせい》期の江戸で三指に入ると定評のある剣術家神谷丈右衛門の教えを受けに行った。

久しぶりに道場に姿を見せた政次には次々に打ち込み稽古の相手が現われた。三人目の相手を終えたとき、孝一郎が寺坂毅一郎と話している姿が目に留まった。

「若親分、いろいろと苦労をかけたな」

毅一郎が政次を労って言い、

「なんのことでございましょう」

と受け流した政次はどこか虚脱の様子の孝一郎に聞いた。

「神谷先生のご指導、いかがにございましたか」

「政次、先生はまるで大空じゃあ。広大無辺《こうだいむへん》のお心、同じ人間とも思えぬ。私は剣術を止めとうなった」

「神谷先生は別格ですぞ、孝一郎どの。われらとて赤子扱い、初めての孝一郎どのが自信を喪《うしな》われるのは当然の話です」

「寺坂さん、政次さんも赤子扱い、先生の前では蛇に呑《の》まれた蛙《かえる》のごとき情けなさ、孝一郎はこれでは今までなんのために剣術の修行をしてきたのであろうか」

「弱音を吐かれるのは神谷道場に百日通った後でも遅くはございますまい」

毅一郎の顔を孝一郎が弱々しく見返した。

政次が金座裏に走って帰ったとき、格子戸の嵌《はま》った門前に小者《こもの》たちが待ち受けていた。槍持《やりも》ち、草履《ぞうり》取り、挟箱《はさみばこ》、若党は明らかに町奉行所の与力の供だ。

「若親分、年番方の新堂宇左衛門様がお越しだぜ」

と亮吉は異変が起きたぞという顔で告げた。

「居間で親分と二人だけで話してなさる」

頷く政次は新堂自ら町奉行所に出仕前に顔を出したのは孝一郎の一件であろうと思った。

玄関に入るとおみつが、

「お待ちだよ」

とだけ言って政次を居間に連れていった。すると長火鉢を挟んで宗五郎と継裃《つぎかみしも》姿の新堂宇左衛門が談笑していた。

「おおっ、政次か。此度は世話になった。新堂宇左衛門、この恩は生涯忘れぬ」

北町筆頭与力の宇左衛門が政次に頭を下げた。

「新堂様、駆け出しの政次、そのようなお言葉を受ける謂《いわ》れはございません。どうかお許し下さい」

「新堂様、わっしらが町奉行所の使い走りをするのは当然のことにございます。宗五郎、政次、こうしろああしろで十分にございますよ」

「宗五郎、そう申すが、そなたはただの十手持ちではないからな。上様お許しの金流しの御用聞き、その親子に御用でもない厄介ごとを始末してもろうた。下手をすれば新堂家が潰《つぶ》れてもおかしくない話であった」

としみじみ述懐した宇左衛門は、

「孝一郎がなんとか立ち直ったのも政次、そなたの献身のお陰だ」

政次が困惑の体で宗五郎を見た。

「神谷道場は気に入られた様子か」

「神谷先生自ら孝一郎様の指導をなされました」

「ほう、神谷先生自らな。孝一郎さんの感想はどうか」

政次はちらりと宇左衛門を窺い見た。

「政次、腹蔵のないところを聞かせてくれぬか」

「剣術を止めとうなったと寺坂様と私の前で洩らされました。また、今までなんのために剣術の稽古をしてきたのかとも申しておられました」

「孝一郎め、天下の神谷先生を相手に一本とる気でおったか」

「いえ、そうではございませぬ。すべてに自信をなくされた様子にございました」

「それは孝一郎にとってよき薬であるわ」

「寺坂様が神谷道場の朝稽古に百日通った後に弱音を吐かれても遅くはございますまいと忠言なされておられました」

「寺坂にも借りができた」

宇左衛門はそう言うと政次に、

「政次、忌憚《きたん》なく申してくれぬか。孝一郎はもはや立ち直ったと見てよいか」

「お言葉ゆえお答え申します。ただ今をもって道半ばかと思われます。気を緩められると元の木阿弥《もくあみ》、あの手の薬害はなかなか断ち切れませぬ、孝一郎様もご意志を強くお持ちになり、自分に打ち克《か》つことが肝心かと思われます」

うーむ
と宇左衛門が厳しい顔で頷いた。

北町奉行所の筆頭与力として阿片などに冒された人間を数多く見てきた宇左衛門だ。

その恐ろしさは十分に身に染みていた。

「不幸中の幸いは常用に至っていなかったことにございましょう。ともかく新堂様、われらにできることは今後ともなんなりとお申し付け下さい」

と宗五郎が新堂に言い、

「宗五郎、政次、孝一郎を頼む」

と宇左衛門は改めて頭を下げ、金座裏を辞去した。

居間に宗五郎と政次だけが残った。

住み込みの手先たちは台所で朝餉を食しはじめていた。

「道半ばか」

「新堂様の手前そう申しましたが、孝一郎様の状態は二分《ぶ》か三分、これから長い歳月がかかるような気がします」

「政次、北町奉行所の筆頭与力の家系だ。ここで鍛え直しておかねえと新堂家ばかりか北町奉行所の体面に関わることになるぞ」

「はい」

町奉行所の二十五騎の与力百二十五人の同心を率いる筆頭与力は生半可《なまはんか》な人物では務められなかった。それだけに一度でも薬に頼った孝一郎の甘い気性は気になるところだ。

養父と倅は期せずして新堂孝一郎の厳しい前途を思いやった。

三

神棚のある居間で宗五郎と政次の親子が朝餉を終えた刻限、彦四郎の声がした。常丸が応対していたが、その二人が居間に姿を見せた。

「親分、下駄《げた》新道《じんみち》の上白壁町《かみしらかべちょう》の海老床《えびどこ》の様子がおかしいや」

「彦四郎、おかしいとはどういうこった」

「海老床は町内一の早起きだ。それが未だ表も裏の戸口も閉じられたままだ」

「どこぞに用事で出たということはないか」

「坊主の親方とかみさん、娘が一人に住み込みの見習職人が一人、通いの職人が一人の一家だがさ、通いの職人の豊三《とよぞう》が戸を叩いているところにおれが行き合わせたんだ。通いの職人になにも言わず、四人で昨夜《ゆうべ》からどこぞに出かけるかえ」

政次が箸《はし》を膳に置き、すっくと立ち上がった。

「親分、様子を見て参ります」

「うーむ、頼もう」

金座裏から政次を先頭に住み込みの手先が彦四郎の案内で飛び出していった。

宗五郎が残った茶碗の飯を食べるとおみつが茶を運んできた。

「海老床のおきみちゃんは十五歳、なかなか愛らしい娘ですよ。なにもなきゃあいいがねえ」

下駄新道は金座裏からそう遠くもない。隣町内のようなものだ。

宗五郎は坊主の親方こと海老《えび》ノ助《すけ》の風貌を思い浮かべていた。

背丈は五尺三寸だが、胸幅も厚く、大頭の上に丸坊主だ。

朝早く店を開いた海老床では親方と住み込みの見習が店の前ばかりか町内の清掃をし、乾いた季節なら水を打って土埃《つちぼこり》が立たないようにするのが日課だった。

その後、店の前で見習に坊主頭を剃刀《かみそり》で剃《そ》らせながら、剃刀の扱いをあれこれと教え込むのだ。

下駄新道の海老床は町内の若い衆の寄り合い場でいつも昼間は何人もの人がいて、へぼ将棋をさしながら町内の出来事などをあれこれ噂し合っていた。

湯屋と床屋は情報の宝庫だ。御用聞きとも縁が深い。それに髪結《かみゆい》床は町《ちょう》役人の役目も負わされていた。

まず髪結は町内の人の出入りを監視し、町奉行所の界隈《かいわい》から火が出た場合は駆けつ

けて書類を持ち出す、

「駆付人足役《かけつけにんそくやく》」

の義務を負わされていた。また近くに橋がある場合は、

「見守り役」

を果たしたという。

このような役目を負わされているだけに火事の場合は火事場内に立ち入れる許可証の木札鑑札と提灯《ちょうちん》が預けられていた。

下駄新道の坊主の親方海老ノ助にもこの義務が負わされ、町内では信頼のあつい住人の一人だった。

宗五郎は茶を喫し終わると神棚の三方《さんぼう》に置かれた金流しの十手を取り、背の帯に突っ込んだ。すかさずおみつが羽織を後ろから着せ掛けた。すると十手の先がわずかに羽織の下から覗《のぞ》いた。

玄関に向かう宗五郎の耳に草履の音がして、波太郎《なみたろう》が飛び込んできた。

「親分、殺しだ」

「よし」

不安が当たったかと考えながら、

「波太郎、寺坂様には使いを走らせたか」

「若親分に命じられてこっちにすっ飛んできたんで分からないや」

「重なるかもしれねえが八丁堀に走れ」

「へえっ」

波太郎が玄関先から再び飛び出していき、宗五郎も続いた。


下駄新道は通称だ。

上白壁町と鍛冶町《かじちょう》二丁目の境に鼻緒《はなお》卸問屋や下駄など木の履物を作る職人が住んでいたので下駄新道と呼び習わされた。

海老床は下駄新道の一角に間口《まぐち》三間の店を開いて、住まいは店の奥にあった。店の西側には幅半間の路地が通り、海老床の裏口があった。普段《ふだん》家族たちはこちらの裏口から出入りしていた。

そんな海老床の前に人だかりがしていた。

「御免よ」

宗五郎は人を掻《か》き分けて薄く開けられた海老床の腰高障子戸を跨《また》いだ。店はきれいに片付けられたままだ。

通いの職人豊三がぼおっと立っていた。

「大変なことが起こったな」

「親分さん、ゆんべおれが帰ったときは何事もなかったんだぜ。それが……それが……」

「驚いたろう」

「政次さんたちが駆け付けてきてよ、裏戸を強引に押し開いて中に入ったら血の臭《にお》いだ。おれはそれだけで気色が悪くなっちまった」

「親方一家になにが起こったか見てないのか」

「見られないよ、親分。だけど亮吉さんが親方もおかみさんも高吉《こうきち》も死んでいるって教えてくれたぜ」

「娘はどうした」

「それがおきみちゃんの姿が見えないそうだ」

宗五郎は奥を窺った。

政次たちが現場を調べ、保存する気配《けはい》は奥から伝わってきた。

「親分」

という声がして亮吉が姿を見せた。

「どんな風だ」

「どんなもこんなも坊主の親方、おかみさん、見習職人の高吉が血塗《ちまみ》れで殺されていらあ」

「娘がいないそうだな」

「そうなんだ。おきみちゃんの姿がないんでさ、家じゅうを探したがいねえや。さして広くもない家だ、何度も探したがやっぱりいないぜ」

宗五郎は頷くと奥へ通った。

町内の床屋だ。大きな造りではない。店の奥に台所と三畳の板の間があり、その奥に畳の部屋が二間あった。家族が寝間や居間に使う空間だ。

見習の高吉は台所の上に造られた中二階で住み暮らしていた。

高吉は物音に目を覚まし梯子段《はしごだん》を下りてきたところをぶすりと胸を一突きにされたのだろう、梯子段の二段目に腰を落とし、頭を横に傾けて死んでいた。

宗五郎は奥の部屋に通った。

坊主の親方は下手人に激しく抵抗したらしく体じゅうを滅多刺しされて息絶えていた。女房のおさんは寝床に起き上がったところだろう、首筋を刺し貫かれていた。

「どうだ、政次」

「下手人は一人のように思えます。台所の風抜きの天窓から侵入し、中二階から下りてきた高吉さんを一突きに殺し、さらに奥に進んで、かみさんを殺し、最後に目を覚ました海老ノ助親方と格闘になった。匕首《あいくち》か、短刀のような刃物を持った下手人がなんとか親方を倒して、隣部屋で怯えていたおきみちゃんと対面した。だが、おきみちゃんは殺さず、気を失わせるかどうかして外に連れ出し、下手人一人が再び屋内に入り、裏戸を戸締まりして天窓から逃げたと思われます」

「なんのためにおきみだけを生かして連れ出したか」

宗五郎が自問し、

「金子《きんす》はどうだ」

「親方は貯め込んだ金子を小甕《こがめ》に入れて、天井裏に隠していたらしく、踏台を使って天井板を外し、甕を取り出して、中の金子を抜いて持ち去っています」

政次は血をぶちまけたような部屋の隅に転がる小甕と踏台を指した。踏台のほぼ真上の天井板が一枚外れていた。

寺坂毅一郎が亮吉と波太郎を従えるように凶行の現場に姿を見せた。

「一家奉公人の三人を殺し、娘を連れ去っていますす」

「御城近くでふてえ野郎だぜ」

再び毅一郎と宗五郎が加わり、殺された三人の検視と盗まれた金子、侵入口であり逃走口の天窓付近が丹念に調べられた。

その結果、海老ノ助ら三人の刺殺死が確認され、小甕に蓄えられていた金子がすべて盗まれ、おきみの行方《ゆくえ》が知れないことが改めて確認された。

政次が通いの職人豊三を毅一郎と宗五郎の立ち会いの下で取り調べることになった。

豊三は海老床で小僧時代から勤め上げてきた職人で二十三年の年季《ねんき》を経ていた。十一年前に所帯を持ち、通いを許されていた。

「豊三さん、夕べ店を閉めたのはいつの頃合ですね」

「町内の若い衆がいつまでも無駄話をしていたんで六つ半（午後七時）、いえ、五つ（午後八時）に近かったと思います」

「残っていたのはだれだ」

「岡崎屋《おかざきや》に出入りの職人千代吉《ちよきち》さん、五郎蔵《ごろぞう》さん、それに達次《たつじ》さんの三人と下駄屋の職人秀三郎《ひでさぶろう》さんが最後に加わってました。だれもご町内の常連です」

岡崎屋は釘《くぎ》鉄銅物問屋で出入りの職人も人足も多い。

そっと亮吉が三人を調べるために外へ出ていった。

「四人が帰ってどうしなさった」

「もう店の片付けも粗方終《あらかた》わってましたから、親方もおかみさんも奥へ引き上げておりました。わっしは高吉に店の戸締まりを言い残して、紺屋町《こんやちょう》の長屋に戻りました」

「朝は何時に店に出られた」

「うちはどこよりも早いんです。六つ半（午前七時）には月代《さかやき》を剃りに来られる常連が三、四人おられるので、わっしもその前には来ておりました。すると常連の御家人《ごけにん》神屋様のご隠居が、豊三、店が開いておらぬぞ、夜更かしを致し寝坊をしたかと文句を言われましたんで。それで直ぐに裏口に走り、戸をどんどん叩いたんだが起きる気配はない。表に戻るとご隠居と綱定《つなさだ》の彦四郎さんが立っていたんで。わっしが事情を話すと、彦四郎さんがご隠居に今朝は他の床屋でと願って、豊三、だれも店に入れるんじゃないぞ、直ぐに戻ってくるからと金座裏に飛んでいかれたんでさあ」

「豊三さん、昨夜からの事情はよく分かったよ」

　と答えた政次は、

「もはや承知だろうが、親方、おかみさん、見習の高吉さんは刺し殺され、娘のおきみさんの姿が見えないんだ。なんぞ心当たりはないかな」

　ふうーっ
　と豊三が息を吐き、

「親方もおかみさんも口は厳しいが根は優しい人間ですよ、それをなんで無情に刺し殺すんですか。わっしには心当たりはありませんよ」

と首を横に振った。

「豊三さん、見ず知らずの者が海老床に押し入って凶行に及んだとは考えられないんだ。まず、風抜きの天窓から忍び込んだ手口、最初から親方ら三人は殺す覚悟で押し入った様子、金子を貯めた小甕を天井裏に隠していた事実を承知していたと思えること、さらに朝の早い親方一家を承知で天窓から出入りして、できるだけ発見を遅らせようとした点、一番不思議なのはおきみちゃんを連れ出したことだ。これは行きずりの者の犯行ではないように思われるんだ」

政次の言葉に豊三は必死で考えていたが顔を再び横に振った。

「豊三さん、坊主の親方の弟子で辞めた者、辞めさせられた者はいないか。ここ、数年のことを思い出してくれませんか」

政次の問いに豊三が頷き、

「わっしの兄貴分で福造《ふくぞう》兄いが品川宿で店を許され、海老床品川を店開きしています。ですが、福造兄いがこんな馬鹿なことをするはずもない。あるとしたら……」

豊三は考えていたが、はっと身を震わせた。それでも迷うような表情で黙り込んでいた。

「豊三、おきみちゃんの命にも関わることだ。なんぞ心当たりがあるならば話してくれ。手遅れにならないうちにな」

宗五郎が政次に口を添えた。

「二年前の暮れのことだ、渡り職人を親方が雇いなさったことがあった。ちょうど忙しい折でわっしの弟分の百蔵《ももぞう》が独り立ちして上総《かずさ》に戻ったんでさ、手が足りなくなったんだ。雇われたのは文七《ぶんしち》という名の渡りの髪結で話は上手、腕もいい。親方は直ぐに気に入られて、わっしらに渡り職人と馬鹿にするが髪結は腕が勝負、文七はさすがだねえ、腕がいいよと信頼なされていた。だが、一月もしないうちに放り出された」

「なにがあったな」

「わっしらの隙《すき》を見て、帳箱から売り上げの金をくすねたんだ。見つかったのは一度だが親方の怒りようはその前に何度か繰り返された様子だったな」

「どんな風に親方は怒っていたな」

「わっしは店で洩《も》れてくる怒鳴り声を聞いただけだ。全部は分からないが親方が海老床の海老ノ助は奉行所とも懇意の駆付人足役だ、おまえを突き出してお調べを受けさせるのもできないわけじゃねえが今度だけは許してやる。とっとと出ていけ！　って怒鳴っていたね」

「それに文七はなにか言い返したか」

「いや、聞こえなかったよ。すぐに風呂敷に荷物を纏《まと》めて出ていったもの」

「文七か、江戸者か」

「身なりも言葉遣いも在所の人間じゃないね」

「親方は桂庵《けいあん》を通じて雇いなさったか」

「元乗物町の口入屋《くちいれや》佐後平《さごへい》を通したはずだ」

政次が常丸《つねまる》に目顔で命じて元乗物町に走らせた。

「豊三、おまえは親方が天井裏に金子を隠していたことを承知していたか」

「へえっ、親方はあけすけな気性のお人だ。さすがに店では言わなかったが奉公人ならばだれもが承知のことですよ」

「文七はどうだ」

「目敏《めざと》い野郎です。おそらくは承知していたと思います」

「いくら貯めていたか見当がつくか」

「さてそればかりは分かりませんや」

毅一郎と宗五郎、それに政次は再び奥へ戻った。

　そのとき、政次が懐から血に濡《ぬ》れた手拭《てぬぐい》と縞《しま》模様の切れ端を出して、二人に見せた。

「天窓の屋根に血塗れの手拭が落ちていました。寺坂様、親分、臭いを嗅《か》いでみてください」

　二人が交互に臭いを嗅ぎ、

「鬢《びん》付け油の臭いだな」

「髪結職人の持ち物ですよ」

「文七か」

「まず間違いございますまい」

　と言い合った。

「下手人は親方と格闘したとき、自らも手傷を負っているように思えます。傷口に巻き付けていたものが天窓を抜けた後に落ちたものではございませんか」

「渡り職人の文七が押し入った可能性が高まったな、金座裏」

　念を押す毅一郎に頷いた宗五郎が、

「縞模様の切れ端はどうした」

「天窓の金具に引っかかっておりました」

「文七は手傷を負い、着物の裾《すそ》を逃げるときに引っ掛けて鉤裂《かぎざ》きにしているか」

「どうもそんな按配です」

宗五郎と政次が言い合った。

「渡り職人文七を手配致すか」

「なんにしろおきみの命がかかっております、一刻も早いお手配を願います」

宗五郎が願い、

「うちの絵師はおきみを知っていると思うか、政次」

「お手配書におきみちゃんの似顔を付けますか」

「そのほうが早かろう」

「ならば私はしほちゃんの長屋に走り、聞いて参ります。もし承知ならば絵を描いてもらい、直ぐに奉行所に届けさせます」

「頼む」

と毅一郎が答え、宗五郎が、

「政次、波太郎を連れていけ」

と命じた。

しほは皆川町《みながわちょう》二丁目の竹の子長屋にいた。豊島屋に出かける前、部屋の片付けを終えたしほは、仕事着の繕《つくろ》いをしていた。

「あら、どうしたの、政次さんに波太郎さん」

「しほちゃん、下駄新道の海老床の娘、おきみちゃんを知っているかい」

「つい最近も青物市場《やっちゃば》のところで会ったけど」

「似顔を描いてくれないか」

「おきみちゃんがどうかしたの」

政次が事情を話すと、繕い物を止めたしほが直ぐに絵の道具を出して仕度にかかった。

しほは頭の中でおきみの印象を纏めているのか、しばし瞑想し、絵筆を握ると一気に走らせた。初々《ういうい》しい町娘の全身像が現われ、覗き込んでいた波太郎が、

「海老床のおきみちゃんそのままだぜ」

と歓声を上げた。

しほは全身像のほかに顔を何枚か描いた。その中で一番特徴を捉《とら》えているものを選び、

「これでどうかしら」

と政次に渡した。

「波太郎、寺坂様にお届けしろ。それから帰りに下《した》っ引《ぴ》きの新三《しんざ》兄いの長屋を訪ねて

事情を話し、金座裏に来るように言うんだ」

下っ引きとは他に本業を持ちながら正体を隠し、町の噂を拾い集めて、そのなかから犯罪に関わりそうな話を親分に注進する役だ。新三は髪結が表の職業であった。だが、髪結床を開業するわけではなく髪結の道具一式を入れた箱を提げて出入りの家屋敷を回って歩くのだ。

餅《もち》は餅屋、政次は新三の力を借りようと考えたのだ。

「へえっ」

と波太郎が竹の子長屋を飛び出していった。

「しほちゃん、助かった」

「おきみちゃんは大丈夫よね」

「なんとしても無事に取り返したい」

そう言い残した政次は竹の子長屋のどぶ板を踏んで、海老床に戻っていった。

四

海老床の海老ノ助とおさん夫婦、見習職人高吉の三人を殺し、夫婦の一人娘のおきみを連れ出したと思える渡り職人の文七の手配がご府内になされた。

文七は海老床に元乗物町の口入屋佐後平を通して雇われていた。だが、文七が差し出した証文にある身請け人の浅草福井町《ふくいちょう》の町役人市左衛門《いちざえもん》に問い合わせてみると、文七なんて人間も知らないし、その身請け証文を出した覚えもないということで、証文は文七の偽造と推測された。

これらは常丸が佐後平を訪ねて分かったことだ。

下っ引きの髪結新三が金座裏に姿を見せたのは事件が起こった夕暮れ時だ、新三は政次が使いに出した波太郎を伴っていた。

手先《てさき》たちも下駄新道界隈の聞き込みを終えて、なんの手がかりもないままに金座裏に疲れた顔を集めていた。

「親分、波太郎の力を借りて調べていたんで遅くなっちまった」

と新三が言いながら居間に顔を出した。

「こっちは手がかりがなくて弱っているところだ。今や新三が頼りだぜ」

「頼りにされるのはいいが親分を喜ばす話があるかねえ」

「ないか」

「渡り髪結の文七の仕業とは言い切れないがね、江戸のあちらこちらで床屋に雇われては店の上がりなんぞをくすねる男がいる、ここ数年のことだ。こやつは名を次々に変えてやがるんでさ、時に吉蔵、時に富之助、美太、豆吉、籐三郎といろいろだ。ただし、どれもが三十一、二歳で痩身《そうしん》、面《つら》は細面《ほそおもて》でのっぺりしてさ、まあ、年増殺《としま》しと言えなくもねえ。芝の浜松町の蠟燭屋《ろうそくや》の隠居の妾《めかけ》、三十半ばのお富士《ふじ》が騙《だま》された。この妾宅《しょうたく》に言葉巧みに入り込み、親しくなり隠居の目を盗んでは髪結のかたわら、寝間も一緒にしていた。そのときは廻り髪結の文五郎を名乗っていた。年増のお富士を絞るだけ絞って別れ話を持ち出して揉《も》めたようで、細身の匕首《あいくち》でお富士を刺殺して姿を消してやがる」

「いつのことだ」

「去年の夏前のことだ。お富士の貯め込んでいた金子三十六両ばかりを盗んで江戸から消えたか、夏以来、こやつの姿はふっつりと消えた。そいつがまた江戸に舞い戻ったかねえ」

「渡り職人と思ったが場所廻りにも手を出していたか」

江戸時代自宅で看板を上げる「内床」、路傍や橋際の小屋で客を待つ「出床」の二つの種類があり、これらを総称して髪結床と呼んだ。

この他に場所廻り、あるいは廻り髪結と称して馴染《なじ》みの家に自らが出かける新三のような髪結がいた。また女髪結が吉原のような遊里に姿を見せるのは安永《あんえい》年間あたりのこと、この物語の寛政の頃には町屋にも現われるようになっていた。

「新三、しほが下駄新道の住人が記憶していた文七の風貌を思い出させ、苦労して描いたものだ。どうだえ」

と絵を差し出した。

「ほお、さすがはしほちゃんだねえ。段々腕を上げるぜ」

としほの技量をまず誉《ほ》めた新三は、

「みんながいう野郎の体付き、顔付き、年格好は大体当たってるねえ。もっともおれは渡りをやったり、廻り髪結に転じたりするこやつに行き合わせたことがないんでねえ」

と迷った新三が、

「無駄を承知で金杉同朋町まで戻ろうか。蠟燭屋、はぜ甲の隠居の伊平《いへい》さんと小女《こおんな》がお富士を殺した文五郎の顔をとくと承知だ」

「髪結の兄さん、それはこっちに任せてもらおう」

政次が立ち上がり、常丸と亮吉が直ぐに従う様子を見せた。

「政次、おきみの命に関わる話だ。東海道を芝までつっ走れ」

「へえっ」

政次ら三人はしほの絵を懐に夜と変わった金座裏を飛び出した。

はぜ甲と変わった名の蠟燭屋は東海道筋浜松町四丁目にあって、東海道を往来する旅人相手に大小の蠟燭、小田原提灯の他に菅笠《すげがさ》、手甲脚絆《てっこうきゃはん》、草鞋《わらじ》など旅の諸道具を扱っていた。

隠居の伊平は妾のお富士が殺された後も店からさほど遠くない、金杉橋《かなすぎばし》際の土手跡町の隠居所に小女と二人で住んでいるという。

五つ（午後八時）の刻限で小体《こてい》の妾宅だった隠居所の玄関先に立ったとき、早や寝に就くのか明かりが消された。

亮吉が戸を叩いて、

「夜分すまねえ、伊平さん、御用だ。話をちょいと聞かせてくんな」

と声をかけた。

屋内では怯えた様子の沈黙があったが、

「御用とはだれだねえ」

と誰何《すいか》する年寄りの声がした。

「金座裏の宗五郎一家の若親分政次と手先二人だ」

「なにっ、金座裏の若親分だって」

「隠居、仰るとおりの若親分のお出ましだ」

明かりが再び点《とも》った。

玄関先に袖無《そでな》しを羽織った小女が出ると、

「待て、おかね」

という伊平の声がした。

「金座裏がなんの御用だ」

と伊平が念を入れた。

「お富士さんを殺した髪結文五郎のことだ」

「捕《つか》まったか」

伊平の声に喜色が走り、格子戸が開かれた。

「ご隠居さん、夜分申し訳ございません」

政次が詫びると、

「あんたを松坂屋で見かけたことがあるよ。お富士が生きていた時分、松坂屋に買い物に立ち寄ったときにね」

「松坂屋のお得意様にございましたか」

政次が丁寧に腰を折ると、

「ささっ、中へ」

と八畳の居間に招じ上げられ、行灯《あんどん》が点された。

「おかね、まだ台所の火は落ちていまい。若親分方は金座裏から走ってきなさった様子だ、茶をお淹《い》れなされ」

と命じた。

「ご隠居、まずこの絵を見てくれませんか」

政次が懐からしほの描いた文七の人相描きを出して見せた。

伊平が呟《つぶや》くと瞼に見る見る涙が盛り上がってきた。

「文五郎め」

「お富士さんを殺した文五郎に間違いないね」

常丸が念を押す。

「間違いもなにもこやつです。お富士はこやつの手練《てれん》手管《くだ》に引っかかってあのような目に遭ったんですよ」

と答えた伊平は仏壇の位牌《いはい》を振り見た。

「金座裏の若親分、文五郎を捕まえたんだね」

と伊平が念を押すところに小女のおかねが茶を運んできた。

「すまねえ、夜分に」

政次の労う言葉も耳に入らない様子でおかねは伊平の前に広げられた絵を見た。

「おかね、文五郎に間違いないかい」

おかねも大きく頷いた。

「ご隠居もおかねさんも一緒に聞いてくれ。こちらで文五郎と名乗っていた男は二年も前に下駄新道の海老床に職人として雇われ、帳箱の売り上げをくすねて放り出されている。そのときの名は文七だ。そいつが昨夜から未明にかけて旧主の海老床に押し入り、主夫婦と見習職人を殺した上に金子を奪い、その家の娘のおきみさんを連れて逃げているんだ」

「なんと」

伊平が身をぶるっと震わせた。

「なんとしてもおきみさんを無事助け出したい。むろん文五郎こと文七もお縄にしたい」

「若親分、ぜひ願おう。お富士の菩提《ぼだい》も弔《とむら》える」

「ご隠居、ところがこやつの在所も塒《ねぐら》も知り合いも何一つ分からないんだ。それでこちらに来た」

「文五郎の生まれ在所だって。あやつが来るときは私の留守のときが多かったからね、お富士のときも土地の御用聞きに聞かれたが、わたしは何一つ知らないんだよ」

政次の視線がゆっくりとおかねに行った。

おかねは十五、六歳か。

「わたし……」

と言うと首を横に振った。

「……文五郎さんが来ると外に使いに出されました」

「おきみちゃんはおかねさんと一緒の年頃だ」

政次はしほが描いたおきみの絵をおかねに見せた。

おかねは釘付けになったように絵を見詰めていた。

「なんでもいいんだ、おかねちゃん、思い出してくれれば探索の助けになる」

おかねは伊平の顔を窺った。

「おかね、知っていることがあればなんでも若親分に申し上げるんだ。お富士の一周忌を前に文五郎が捕まるならばわたしゃ、もはやこの世に思い残すこともないよ」

「ご隠居、私も文五郎さんのことをよく知りません。でも、おかみさんが亡くなる前にぼそりと中野村《なかのむら》なんて御朱引《ごしゅびき》の外で暮らせるかねえと言われたんです」

「お富士は品川宿生まれですよ。中野村なんてとこに縁がないよ」

「はい。だから、私、文五郎さんに関わる話かなと思いました」

「なにっ、お富士は文五郎と一緒に中野村に行こうとしていたのか」

伊平ががくりと肩を落とした。

「分かりません」

と答えたおかねは、

「それから数日した頃、私は使いに出されました。金杉橋のところでばったりと文五郎さんに会ったんです。それで文五郎さんの在所は中野村ですかと聞いたら、凄《すご》く怖い顔で睨《にら》み返されました。おかみさんが殺されたのはそれから間もなくしてのことでした」

沈黙がしばし部屋を支配した。

「おかねちゃん、よく思い出してくれたね」

政次がおかねを労った。

中野村はその昔、中野郷と呼ばれていた一帯で、東に神田上水、西は高円寺村、南は本郷村、本郷新田、和田村、北は新井村、上高田村に接していた。

徳川家康《とくがわいえやす》の江戸入府とともに江戸普請《ふしん》が始まると青梅《おうめ》から石灰を運ぶ青梅街道が整備され、中野村は馬継場《うまつぎば》として宿場が形成された。

だが、青梅街道沿いを除けば高二千余石（元禄郷帳）の田畑が長閑《のどか》に広がる一帯であった。

三人が中野村の入口に到着したとき、すでに四つ半の刻限を大きく過ぎていた。

「若親分、どこを見ても真っ暗闇だぜ」

はぜ甲の隠居所から借りてきた提灯の明かりが届くのはわずかな広さで、その四周は漆黒の闇が広がっていた。

「亮吉、青梅街道の問屋場はどこだ」

「ここいらは淀橋《よどばし》を越えたあたりだ、この先かねえ」

「だれぞ通りかかるといいんだがな」

三人は本郷村と中野村の辻《つじ》でどうしたものかと思案して立ち止まった。

「弱ったな、野宿だぜ」

「内藤新宿《ないとうしんじゅく》まで戻り、明日の朝に出直しますか」

と常丸が政次にお伺いを立てた。

その時、遠くに提灯の明かりがゆらゆらと揺れて浮かんだ。

「地獄で仏とはこのことか」

三人は小さな明かりが辻に寄ってくるのを待った。明かりは長いことかかってゆっくりと近付いてきた。どうやら内藤新宿の飯盛り旅籠《はたご》で遊んで戻る男たちだろうか、千鳥足のようだった。ようやく辻で待つ三人に気付いたところで立ち止まった。

「だれだ、おめえらは」

「おれたちは中野の馬継場の馬方《うまかた》だ、銭は飯盛りに使い果たして空っけつだ。懐には一文も残ってねえぜ」

政次らを追剝《おいはぎ》とでも思ったか、酔った声が聞き、言った。

「兄い、追剝でも野盗でもねえよ。江戸は金座裏の若親分と手先だ。ちょいと聞きたいことがあらあ、寄ってくんな」

「油断したところをばっさりやろうというんじゃねえな」

ちえっ
と舌打ちした亮吉が懐の短十手を出して提灯の明かりに翳した。するとようやく酔っ払い二人が酒の匂《にお》いを振りまきながら寄ってきた。

「なんだえ、用事とは」

政次が明かりの下に文七あるいは文五郎という名の髪結の人相描きを広げて見せた。

「なんだ、庄屋の倅じゃねえか」

「放蕩《ほうとう》息子がなんぞまたやらかしたか」

「承知か」

常丸が聞いた。

「おおっ、中野村の庄屋様の三男で文蔵《ぶんぞう》だ。若いうちから悪さのし放題、死んだ親父が内藤新宿の髪結床に修業に出したのは十三、四年以上も前のことかねえ」

「二十年にはなるぞ」

「文蔵はいくつだ」

「若く見えるが、もう四十前のはずだ」

「中野村には戻ってくるか」

「おう、二、三ヶ月いてはまたふらりと出ていかあ。親父の跡を継いだ兄様の甚右衛《じんえ》門《もん》様が文蔵を嫌っておいでな、帰ってくると母屋には入れてもらえず納屋暮らしだ」

「兄い方、すまないが庄屋様の屋敷まで案内してくれないか」

政次が二人に一分ずつ道案内代を渡した。

中野村の庄屋屋敷は宝仙寺《ほうせんじ》が別当の氷川神社の前に長屋門《ながやもん》を構えていた。

「納屋はどこにあるか分かるか」

二人の馬方が頷いて、

「庄屋様にも断らずに押し込むか」

と怯えた顔をした。

「娘の命がかかっているんだ。文蔵と娘がいなけりゃあ、甚右衛門様に詫びる」

と政次がうむをいわせぬ口調で言った。

馬方たちが気迫に押されたように頷いた。

「明かりを消す」

二つの提灯の明かりが消された。

常丸と亮吉が懐から十手と捕縄《とりなわ》を出した。

政次は羽織の紐《ひも》を解き、羽織の背から銀のなえしの柄《つか》を出して、いつでも抜けるようにに打ち込みの仕度を終えた。

「まずおきみの身柄を保護することが先だ。常丸、亮吉」

「承知しました」

「合点だ」

三人は馬方の案内で長屋門を潜《くぐ》り、庄屋の敷地に入り込んだ。

春の夕暮れ、鎌倉河岸の豊島屋は相変わらず大勢の客で込み合っていた。

だが、清蔵がいつも座る席だけは、
がらん
としてだれもいなかった。当の清蔵も表に出て、ちょうど姿を見せた彦四郎に、

「金座裏の連中は遅いじゃないか」

と文句を言っていた。

「今朝方、中野村から下手人の文蔵を引き立ててきたばかりだ、お調べやなにかで時間がかかるよ。今晩は政次と亮吉が来るのは無理かねえ」

「捕物があったというのにまた一晩お預けですか、殺生《せっしょう》ですよ」

と清蔵が龍閑橋の方角を見たとき、小さな影が鎌倉河岸に飛び出してきた。

「おうおう、独楽鼠の亮吉ですよ」

その後を政次と常丸ら金座裏の住み込みの手先たちがぞろぞろとやってきた。

「庄太、講釈の席を改めておくれ」

清蔵が小僧の庄太に叫び、亮吉を出迎えた。

「遅いじゃないか」

「大旦那、真打ちはトリが決まりだよ」

小柄な亮吉が胸を張って豊島屋に入っていった。

「あら、亮吉さんだけ、政次さんはいないの」

しほが聞いた。

「ちえっ、おれじゃあ力不足か」

店では帳場の端に講釈台に見立てた小机が置かれ、座布団まで敷かれてあった。

「おおっ、久しぶりで扱いがいいな」

と言いながら草履を脱いだ亮吉が座布団の上に正座した。すかさずしほが茶碗に酒を入れて運んでいった。

政次たちもぞろぞろと店に入ってきて、清蔵の出迎えを受けた。

「遅くなりました。おきみちゃんのことがあったんで、時間をとられました」

「おきみちゃんは怪我もないのね」

「お蔭で間に合ったよ。詳しくは金座裏の講釈師の話を聞いて下さいな」

政次らが思い思いの場所に腰を落ち着けた。

「ご一統様、しばしの間ご静粛《せいしゅく》に願おうか」

茶碗酒で口を湿した亮吉が店じゅうに響く声で言った。

「なんだ、どぶ鼠!」

「どぶ鼠じゃねえや、むじな亭亮吉師匠だ」

と答えた亮吉が用意の白扇《はくせん》で小机をぽんぽんぽんと叩いて調子を付けた。

「隣町内の下駄新道、海老床に賊が押し入ったのは一昨夜《おととい》の夜半《よわ》のことにございました。皆の中にもすでにご存じの方々もおりましょう、なかには坊主の親方に月代《さかやき》を剃ってもらい、髪を結い直してもらった御仁もございましょう。この坊主の親方とおかみさん、見習職人の高吉さんの三人を突き殺し、親方が天井裏に貯め込んでいた金子百八十七両余りを盗んで、恐怖に打ち震えるおきみちゃんを攫《さら》ったのはなにを隠そう、二年前の暮れ、海老床に職人として雇われていた文七にございました。この文七、売り上げの金を盗んで親方に見付かり、店を放り出されております。こやつ、髪結の渡りや廻り髪結を続けながら、銭をくすね、時には懇意《こんい》になった女客を絞れるだけ絞りあげて、最後には無情に突き殺す所業を繰り返してきたのでございます」

ぽんぽんぽんぽん
と白扇を入れた亮吉は再び口を酒で湿し、

「この文七の本名は文蔵で、なんと内藤新宿外れの中野村の庄屋の三男に生まれ、なに不自由なく育ってきたのでございますが、幼き頃から盗癖があり、悪の限りを尽くしてきまして、中野村でも名高き悪餓鬼にございました。親父どのになんとか手に職をつけさせて独り立ちさせようと内藤新宿の床屋に修業に出されたのが十七の年、そこで髪結の技を習い覚えると同時に悪の手法も存分に稽古を積んだのでございます。奉公した先々で金子を盗んでは親父どのが尻拭《しりぬぐ》いをして、町奉行所の手を煩《わずら》わせなかったことがかえって文蔵を増長させたのでございます。去年の夏にはついに女客一人を手にかけ、そして、一昨夜は海老床に押し入ったのでございます」

亮吉は息を整え、舌を潤した。

「金座裏の新名物、銀のなえし若親分と常丸兄い、かくいう独楽鼠亮吉はかすかな糸を手繰《たぐ》り、深夜の中野村に乗り込んだのでございます。分かっているだけでも四人を殺した極悪人文蔵の手元にはおきみちゃんが囚《とら》われの身になっております。そこで政次若親分の指揮の下、金座裏の精鋭三人は庄屋屋敷の納屋に突入したのでございます」

「よう、待ってました！」

佳境の捕物に話が及び、清蔵が合いの手を入れた。

「清蔵様、慌てなさるな」

と白扇で制した亮吉が、

「若親分政次、常丸兄い、それにかく言う亮吉が納屋の表、裏口の二手から突入したとき、文蔵はおきみを納屋の柱に縛りつけて酒を飲んでおりました。政次若親分と常丸兄いの姿を見た文蔵はおきみのかたわらに駆け寄ると細身の匕首を首に当て、近寄るとこの娘を突き殺すぜと平然と脅したのでございます。そこで慌てず騒がず政次若親分が文蔵に話しかけながら注意を引きました。その最中に独楽鼠の亮吉がちょろちょろと地べたを這《は》うと文蔵の背後に回り込み、文蔵とおきみの間に割り込むように飛び込んだのでございます。気配を感じた文蔵がこの亮吉を匕首で刺そうとした瞬間、政次若親分の銀のなえしが宙を飛んで額を打ち、立ち竦むところを三人がかりで取り押さえたのでございます」

「ほう、やりなさったねえ。おきみに怪我はなかったのですね」

「清蔵様、先にも申しましたように、おきみには何一つ怪我はございませんでした。ですが、半日遅れれば内藤新宿の飯盛り女に叩き売られるところであったのでございます」

「よかった」

しほがしみじみと洩らした。

「突然親を亡くしたおきみちゃんの前には多難な人生が待ち受けておりましょう。だが、鎌倉河岸界隈は人情町内の呼び名もあるとおり、情厚き御城端にございます。町役人の方々、ご町内の皆様の情けできっとおきみちゃんはしっかりとした大人になろうかと存じます。この文蔵の犯した罪咎《つみとが》、未だ全貌が解明されておりませぬ。明日から北町奉行所の名吟味方今泉修太郎様の手で隠されていた事実が解明されることにございましょう。はっきり申せることは、すでに四人を手にかけた文蔵の行く末は獄門《ごくもん》台《だい》と定まっているということでございます」

豊島屋がしーんと静まり返っていた。

「おや、むじな亭亮吉師の名講釈に粛として誉める言葉もございませぬか。本日はこれにて一場の読み切りと致します」

豊島屋に白扇の音が軽やかに響いた。

解説

清原康正

佐伯泰英の「鎌倉河岸捕物控」シリーズは、江戸・鎌倉河岸裏のむじな長屋で育った幼馴染《おさななじ》みの政次、亮吉、彦四郎の三人に、鎌倉河岸の酒問屋に勤める看板娘のしほを加えて繰り広げられる〝大江戸青春グラフィティー〟という点で、数多くある佐伯泰英のシリーズ作品の中でも特異な存在感を有し、ひときわの彩りを放っている。

この人気シリーズの新装版〈九の巻〉にあたる本書「道場破り」は、前巻〈八の巻〉「銀のなえし」が寛政十二年（一八〇〇）一月の時点で終わっていたのを受けて、同年の二月初め、初午《はつうま》の日から全五話の物語が始まる。金座裏の十手《じって》持ち・宗五郎の後継十代目となり、若親分と呼ばれるようになった政次が、亮吉、彦四郎、しほを稲《いな》荷小路《りこうじ》の烏森《からすもり》稲荷の初午に誘う、という設定なのだが、その前に置かれた「序章」でこのシリーズの魅力を感じ取ることができるようになっている。稲荷社の社祭りの模様、酒問屋・豊島屋の賑《にぎ》わい、別々の道を歩み始めた三人の幼馴染みのそれぞれの立場と近況などが、簡略ながら要領よく紹介されており、本書で初めてこのシリーズに接する読者にもこれまでの展開が分かる工夫が施《ほどこ》されている。

第一話「初午と臍《へそ》の緒」は、その初午の日、四人が出かけた烏森稲荷で亮吉が艶《つや》っぽい年増《としま》女に抱きつかれ、懐に奉書に包まれた臍の緒を差し入れられる。このハプニングの背景を政次たちが探り、ある旗本家の嫡男をめぐる騒動が浮かび上がってくる。宗五郎と政次が示す人情味ある決着のつけ方が第一話の魅力なのだが、冒頭部から繰り広げられている三人の幼馴染みの会話の掛け合いの妙も大きな魅力となっている。

第二話「女武芸者」は、乳飲み子を負ぶった男装姿の女武芸者・永塚小夜が、政次が目録を受けた赤坂田町の直心影流《じきしんかげ》神谷丈右衛門道場を道場破りに訪れる場面から始まる。年の頃は二十一、二歳ぐらいで、化粧けはないが、凛々《りり》しく整った顔立ちで、円流小太刀を使うという。背の赤子は男児の小太郎。取り次いだ政次が立ち合い、肉を斬らせて骨を断つ戦法に出た小夜から一本取る。小夜は小太郎を背に負って、道場から足早に消える。

このあと、両国米沢町の四ッ目屋の隠居が殺害される事件が起こり、下手人として浪人者が浮かび上がってくる。その一方で、賭《か》け勝負の道場破りや夫婦連れの道場破りが現れるようになる。隠居を刺殺したのは浪人者・八重樫七郎太《やえがししちろうた》で、小夜の行動に疑念を抱いていた政次は、二人が何か複雑な事情でつながっていることを探り出す。政次はラストでこの八重樫と対決する。八角の銀のなえしを相手の眉間《みけん》に叩《たた》き込むまでの立ち合いの模様を、冒頭部の小夜との立ち合いと比較して、その違いを味わうのも一興である。

第三話「金座裏の赤子」は、政次が小夜と小太郎の母子を金座裏の宗五郎親分の家に連れて行く場面から始まる。第二話の結末を受けて、新たな事件へとつないでいく心憎い書き出しとなっており、こうした滑らかさもシリーズの人気を支える大きな要因である。

小夜は金座裏で、八重樫との関《かか》わりや道場破りの経緯などを語る。心を固く閉ざしていた小夜は、宗五郎の妻おみつや豊島屋からやって来るしほが誠意ある世話をしてくれるのを感じて、次第にそのかたくなな心を開いていくこととなる。こうした女同士の心の触れ合いは、政次ら三人の若者たちに見られる男同士の友情、宗五郎と政次の相互に相手の技量を認め合う師弟の情ともいうべき感情のありようと見事な対照をなしている。こういった細やかな描き分けも魅力の一つとなっている。

この第三話では、小夜母子に政次、宗五郎、北町奉行所定廻《じょうまわり》同心の寺坂毅一郎らも加わって八重樫の弔いが行われる。そして、政次たちが赤子を抱える小夜の今後の暮らしを案じる流れと並行して、前話で殺された四ッ目屋の隠居が持っていた印籠《いんろう》がクローズアップされる。ご禁制のきりしたんばてれんのくるす飾りのついた天眼鏡《てんがんきょう》が入っていたからで、この印籠に秘められた秘密を探索するのは宗五郎である。これまでのシリーズの中でも圧倒的な存在感を示してきた宗五郎だが、ここでも活躍の場をたっぷりと与えられて、その存在感をますます不動のものとしている。ご用聞きとは人を捕縛することではないのか、と問う小夜に、それも御用の一つだが、それだけではない、と宗五郎は次のように語って聞かせる。

「どんな騒ぎの裏にも哀しんだり、泣いたりする家族や知り合いがおりまさあ。もっとも大事な仕事はさ、この人たちの悲しみの後始末をつけることだ」

こうした宗五郎の気概も、小夜の張り詰めていた気を変化させていく要因となっている。宗五郎といい、おみつといい、政次たちより上の世代たちの人生の処し方の見事さに魅了されてしまう。また、例の曰《いわ》くありげな印籠をめぐって寺坂が示すある温情にしても、政次たち若者にはない幅広い思慮、長年の人生経験に基づく大人の叡知《えいち》といったものを感じさせるものがある。

第四話「深川色里川端楼」は、第三話で持ち上がった小夜のこれからの住まいに関して、宗五郎が乗り出していくところから始まる。青物問屋青正の離れが空いており、宗五郎が後見人となってくれるのなら、母子に長屋並の家賃で貸してもいいという。小夜を連れて青正の隠居を訪ねる途中で、宗五郎は小夜に金座裏の金流しの十手と銀のなえしの由来を語って聞かせる。そんな宗五郎に道で行き会う人々が気さくに声をかけてくるのを見て、小夜は宗五郎が江戸の人々に頼りにされていることを実感する。この青正の離れに大店《おおだな》の用心棒も兼ねて住むことに話が決まる。さらには道場主がいなくなった道場を引き継がないかという話まで出る。その席で小夜は、青正の隠居から古町《こまち》町人の心意気、江戸の人情を教えられることともなる。

小夜母子の住まいが整い、江戸に落ち着ける見通しが立った頃、宗五郎は寺坂から内々の相談を受ける。北町奉行所筆頭与力新堂宇左衛門の嫡男孝一郎が南蛮渡りの薬を常用しているという密告文が届いたという。宗五郎は政次とともに内偵に当たり、深川永代寺門前山本町にある居合い・手裏剣道場と川端楼という曖昧宿《あいまいやど》がぐるになって南蛮渡りの薬を捌《さば》いていることを突き止め、曖昧宿で薬を煙管《キセル》で吸っていた孝一郎を救い出す。政次が鳶口《とびぐち》を得手とする木場の三五郎と闘うアクション場面もラストに抜かりなく用意されている。

第五話「渡り髪結文蔵」は、この事件の取り調べと沙汰《さた》の模様が先ず紹介されている。政次は孝一郎を山科屋の寮に連れ込み、解毒治療と傷ついた精神を回復させるための荒治療に取りかかる。こうした政次の孝一郎への処し方を通して、政次がより大きな器の人間に成長していることが実感できる。この成長のプロセスを一つ一つ押さえていくことが、青春グラフィティーの魅力でもあるだけに、政次の対応とセリフは些細《ささい》な箇所でも見逃しにはできない重みがある。

政次が孝一郎のリハビリを終えて金座裏に戻った頃、下駄新道《げたじんみち》の海老床《えびどこ》一家が殺害され、娘が攫《さら》われるという事件が起こる。政次の探索としほが描いた人相画とで下手人が浮かび上がり、蠟燭屋の隠居の妾《めかけ》を殺した下手人でもあることが判明する。むじな亭亮吉を自称する亮吉が事件の顚末を豊島屋の清蔵に語って聞かせる場面で、〈九の巻〉は終わっている。「鎌倉河岸界隈は人情町内の呼び名もあるとおり、情厚き御城端にございます」という講釈師気取りの亮吉の語りが、亮吉特有の諧謔《かいぎゃく》の面白さを超えて読む者の心に実感をもって迫ってくるのも、〈九の巻〉全五話にわたる政次はじめ宗五郎などの人情味豊かな活躍に接してきたからであろう。

このシリーズに関して、佐伯泰英は『「鎌倉河岸捕物控」読本』のインタビューの中で、「時代小説を志した作家は一度は捕物帳にどこかで挑戦したいと考えていますよね。僕の場合、それもありましたが市井ものを書きたいという希求も強かった」と語っている。その市井ものの要素、魅力は〈九の巻〉全五話に溢《あふ》れており、捕物帳に付きものの謎解きに対する興味以上に、それぞれの物語の奥行きを深めるものとなっている。

それとも一つ、佐伯泰英はこのインタビューの中で「江戸というところから物事を発想しない。現代から発想する」「現代というところから時代小説というスタイルを考えたとき、どういうことができるだろうかというのが僕の時代小説」とも語っている。時代小説を通して現代を撃つ、という創作姿勢を〈九の巻〉全五話に当てはめてみると、そこに浮かび上がってくる大きなテーマがある。それは親子関係の問題で、全五話にはさまざまな親子関係が描き出されていることに気づかされる。

シリーズのニューカマーである永塚小夜はじめ、臍の緒を大事に持っていた女、薬中毒の嫡男におろおろする筆頭与力、そして金座裏九代目の宗五郎と十代目の政次という疑似親子の関係も含めて、佐伯泰英は物語展開の中に親子の情を巧みに盛り込ませている。現代の親子関係をそのまま江戸時代に持ち込んでいるわけではないのだが、現代社会で起こっている親子関係をめぐるさまざまな葛藤《かっとう》とトラブルを、登場人物たちのそれぞれの葛藤の中に見出すことができる。捕物帳と市井ものの魅力に加えて、この〈九の巻〉全五話では現代社会を反映した親子ものといった魅力があることを特筆しておきたい。

なお、このシリーズは、二〇一〇年四月からNHK土曜時代劇「まっつぐ　鎌倉河岸捕物控」として連続十三回でテレビドラマ化されることとなった。捕物帳、市井もの、親子ものといくつもの層が重なり合っているシリーズの魅力が、映像にどう映し出されるかを楽しみにしたいものだ。

（きよはら・やすまさ／文芸評論家）

時代小説文庫

さ 8-30

道《どう》場《じょう》破《やぶ》り

鎌倉《かまくら》河岸《がし》捕物控《とりものひかえ》〈九《きゅう》の巻《まき》〉 新装版

著者　佐《さ》伯《えき》泰《やす》英《ひで》

2005年12月18日第一刷発行

2010年 4 月 8 日新装版第三刷発行

発行者　角川春樹

発行所　株式会社 角川春樹事務所

〒101-0051 東京都千代田区神田神保町3-27 二葉第1ビル

電話　03(3263)5247[編集]　03(3263)5881[営業]

印刷・製本　中央精版印刷株式会社

フォーマット・デザイン＆シンボルマーク　芦澤泰偉

ISBN978-4-7584-3457-7 C0193

http://www.kadokawaharuki.co.jp/[営業]

fanmail@kadokawaharuki.co.jp[編集]　ご意見・ご感想をお寄せください。